W0354210

ROMAN AVEC COCAÏNE

M. AGUÉEV

ROMAN AVEC COCAÏNE

PIERRE BELFOND

Traduit du russe
par Lydia Chweitzer

La traductrice tient à remercier M. et Mme Savine qui sont indirectement à l'origine de cette édition

La loi du 11 mars 1957 n'autorisant aux termes des alinéas 2 et 3 de l'article 41, d'une part, que les *copies ou reproductions strictement réservées à l'usage privé du copiste et non destinées à une utilisation collective*, et, d'autre part, que les analyses et les courtes citations dans un but d'exemple ou d'illustration, *toute représentation ou reproduction intégrale ou partielle, faite sans le consentement de l'auteur ou de ses ayants droit ou ayants cause*, est illicite (alinéa 1er de l'article 40). Cette représentation ou reproduction, par quelque procédé que ce soit, constituerait donc une contrefaçon sanctionnée par les articles 425 et suivants du Code pénal.

© Éditions Belfond, 1983, 1990
ISBN : 2-266-05193-8

Au début des années trente, un paquet venant de Constantinople parvenait à la revue russe Nombres, *qui paraissait à Paris, dans le monde clos — mais suffisamment vaste pour que plusieurs journaux et revues coexistent — de la première émigration russe.*

« Le manuscrit trouvé dans un paquet » était signé M. Aguéev et avait pour titre Récit avec cocaïne. *Il fut publié par cette revue luxueuse (qui, pour cela sans doute, connut une brève existence) — puis parut en volume sous le titre définitif de* Roman avec cocaïne. *En 1934, M. Aguéev signa dans une revue de moindre importance (*Rencontres*) une nouvelle intitulée « Un peuple teigneux », et c'est la seule date que nous puissions avancer en ce qui concerne son œuvre.*

Les années trente n'étaient pas placées sous le signe de la drogue, et Roman avec cocaïne *provoqua dans le monde de la critique russe un certain scandale, beaucoup plus à cause de la franchise avec laquelle l'auteur parle de certaines réalités — qu'à cette époque on préférait passer sous silence — que par ses expériences de cocaïnomane. La première émigration russe de Paris se dispersa, mais le choc ressenti par quelques-uns à la lecture de* Roman avec cocaïne *demeura, ainsi que quelques très rares exemplaires du livre.*

L'action se situe durant l'adolescence du narrateur, au cours de la Première Guerre mondiale et jusqu'après la Révolution. Mais l'environnement historique en est pratiquement absent.

La lucidité extrême, sans la moindre concession, sans la moindre « coquetterie » (qui accompagne si souvent la prose des auteurs qui se veulent « sincères »), une lucidité qui va presque jusqu'à la cruauté quand il s'agit du narrateur lui-même, n'éclaire, d'une façon éblouissante, que les protagonistes du récit, à la manière d'une torche électrique qui plonge dans la nuit tout ce qui entoure sa tache lumineuse.

⁂

Nous ne sommes pas même sûrs qu'Aguéev soit le nom véritable de cet auteur qui, en fait, serait d'origine juive (ce qui donne un éclairage tout particulier à la scène du lycée avec Stein). Nous ne savons pas dans quelle partie de la Russie est né Aguéev, ni quand, ni à quel moment il a quitté son pays. Dans la mesure où le roman présente un certain caractère autobiographique, l'auteur — si l'on se fie à l'âge du héros — serait né aux environs de 1900 et aurait donc aujourd'hui plus de quatre-vingts ans, s'il vit toujours. Mais des annonces publiées en 1980 dans des journaux de Paris et d'Istanbul dans l'espoir de retrouver sa trace sont demeurées sans réponse. Il n'est jamais venu en France, aucun de ceux qui appartenaient aux milieux littéraires russes de l'époque ne l'a jamais vu — sauf une personne qui l'a rencontré à Constantinople et de qui nous tenons les quelques bribes de renseignements que nous pouvons livrer au lecteur.

Nous savons ainsi qu'Aguéev, après la publication de son roman, était sur le point de rentrer en Russie. Mais l'a-t-il fait ?

*
**

Il est difficile d'établir une filiation entre Aguéev et les auteurs russes qui l'ont précédé. Au cours du premier quart du siècle, nombreux furent les écrivains de grand talent (ne citons qu'André Bély, à titre d'exemple) qui ont cherché des voies et des voix nouvelles. Mais on a toujours l'impression que ces recherches se faisaient par rapport aux grands écrivains classiques et qu'ainsi ils n'ont pas rejeté leur filiation : elle fut simplement oppositionnelle. Même négative, elle était une référence. Pour les amateurs de clichés, on pourrait parler de « révolte contre le père ».

On n'a pas du tout cette impression quand on lit Aguéev. Il est lui, et rien que lui. Il écrit sans tenir aucun compte de ce qu'il a lu, sans subir aucune influence. Tout — son art d'observer, de décrire, de raisonner — lui appartient.

En revanche, une certaine similitude se manifeste, par moments, dans sa tournure d'esprit, avec un auteur qui, bien que beaucoup plus âgé, a vécu à la même époque, mais qu'il n'a probablement jamais lu : Marcel Proust. Sa façon de voir les choses, d'abord : pensons au passage où il parle de deux sentiments contraires et coexistants, se soulignant l'un l'autre; à celui où le visage du joueur d'échecs change quand il se met à regarder l'échiquier. Et puis une certaine présence du temps, très différente de celle de Proust, car Aguéev ne cherche pas à le saisir — mais qui est sensible et même en quelque sorte matérialisé : ainsi, l'attente dans la chambre d'Hirgué, pendant la première nuit de cocaïne, n'est pas mesurée en minutes, mais s'impose sous forme de description minutieuse de l'ameublement de la chambre, l'examen de ces objets par le narrateur correspondant au temps de l'attente. Et, comme si cette tournure d'esprit le commandait, les phrases d'Aguéev sont longues.

⁂

Comment traduire Aguéev ? Les phrases d'Aguéev sont complexes, sinueuses, bourrées d'images, et les incorrections du style qu'on peut y rencontrer sont, en russe, beaucoup plus des particularités que des défauts — que les Français, cependant, perçoivent comme tels.

Sur ce plan, et aussi bizarre que cela puisse paraître, l'écrivain russe est plus libre que l'écrivain français. Il peut se permettre beaucoup, les « fautes de russe » lui sont rarement reprochées; la phrase peut être construite de plusieurs façons différentes, ce qui permet de nuancer le texte, en accordant à tel ou tel mot une importance plus grande, suivant la place qui lui est attribuée. Le vocabulaire est plus riche, et la langue russe accueille, digère, assimile avec une extraordinaire facilité des mots étrangers. Le français est beaucoup plus rigoureux, plus sec, et plus exigeant. Si les Français acceptent d'incorporer à leur langue un mot étranger (et c'est rare), ce n'est qu'après l'avoir examiné sous toutes les coutures à travers un judas. Si l'on justifie cette méfiance et ce désir de garder le français, tel qu'il est, par le fameux (et heureusement douteux) « instinct de la propriété privée », il faut aussi avoir le respect de la langue étrangère. En ce qui concerne le russe, cela est d'autant plus difficile que le peuple russe, si musicien, a une langue toute en demi et en quart de tons. Comment, par exemple, traduire le mot « toska », qui semble à mi-chemin entre la tristesse, sentiment supportable et en tout cas statique, et le désespoir qui pousse au suicide ? « Toska » n'est ni l'un ni l'autre, il est spécifiquement russe, semble avoir sa racine dans des siècles d'oppression et de misère du peuple, on pourrait peut-être s'en faire une idée en écoutant certaines chansons populaires. Mais comment le traduire ? Nous avons employé le mot cafard, mais nous ne sommes pas satisfaits pour autant...

L'une des grandes forces d'Aguéev réside dans ses images surprenantes, qui font toujours mouche, dans ses vertigineux raccourcis. Un traducteur doit s'en approcher avec la plus grande précaution, la plus grande délicatesse. Il n'a aucun droit de mettre une image à plat, la privant ainsi de son efficacité, même s'il s'agit, dans son esprit, de rendre le texte plus clair — il ne fait que l'affaiblir. Il n'a pas le droit d'éviter un raccourci. Un texte fort et percutant doit le rester, dans toute la mesure du possible, et les procédés particuliers de l'auteur doivent être scrupuleusement respectés. Ce n'est pas toujours facile quand on doit, aussi, respecter les règles de la syntaxe française. Nous avons fait ce que nous avons pu avec l'aide efficace de Marie-José Villotte, qui nous a évité bien des embûches, et que je remercie bien sincèrement.

L. Chweitzer

LE LYCÉE

Bourkevitz a refusé

I.

Un jour, au début d'octobre, moi — Vadim Maslennikov (j'allais alors sur mes seize ans) —, partant de bon matin pour le lycée, j'oubliai l'enveloppe contenant l'argent à verser pour le premier semestre, que ma mère avait posée dans la salle à manger la veille au soir. Je ne me souvins de cette enveloppe que debout dans le tramway, alors qu'en un flot continu défilaient les piques et les acacias de la clôture du boulevard[1] et que la charge sur mes épaules serrait mon dos de plus en plus fort contre une barre nickelée. Cependant, cet oubli ne m'inquiéta nullement. On pouvait aussi bien remettre l'argent le lendemain, et à la maison personne ne le volerait : à part ma mère, il n'y avait, dans l'appartement, que ma vieille nounou Stépanide, à notre service depuis plus de vingt ans, et dont l'unique faiblesse, presque une passion, consistait en de continuelles chuchoteries, sonores comme des graines de tournesol qu'on croque; en l'absence d'interlocuteurs, cela lui permettait de poursuivre toute seule de longues conversations, parfois même des disputes, qu'elle interrompait de temps en temps par des exclamations à haute voix,

1. A Moscou, l'« Anneau des boulevards » est composé de rues de différentes longueurs, qui se suivent, et forment, entourant la vieille ville qui a le Kremlin pour centre, une large ceinture à double voie séparée, tout le long, par des jardins clos de grilles.

telles que : « Mais oui ! » ou « Comment donc ! » ou « Compte là-dessus ».

Au lycée, j'oubliai complètement cette enveloppe. Ce jour-là, je ne savais pas mes leçons — ce qui, d'ailleurs, n'arrivait pas souvent — et j'étais réduit à les apprendre en partie pendant les récréations, en partie alors que le professeur était déjà en classe, et cet état d'attention intense, pendant lequel tout s'assimile si facilement (et s'oublie cependant aussi aisément un jour plus tard), contribuait beaucoup à dégager ma mémoire de tout ce qui ne s'y rapportait pas.

Ce n'est qu'au début de la grande récréation, alors qu'en raison du temps froid mais sec et ensoleillé on nous faisait sortir dans la cour, quand, sur le dernier palier, je vis ma mère, alors seulement, me souvenant de l'enveloppe, je pensai qu'elle n'avait pu s'empêcher de venir me l'apporter. Avec sa pelisse râpée, son bonnet ridicule qui laissait pendre de petits cheveux gris (elle avait déjà cinquante-sept ans), ma mère se tenait seule, à l'écart, et sa visible inquiétude d'une certaine façon accentuait cette pitoyable apparence, tandis qu'elle scrutait avec impuissance la cohue des lycéens courant devant elle; certains se retournaient pour la regarder et ricanaient. J'aurais voulu glisser, inaperçu, mais me voyant et s'éclairant aussitôt d'un tendre sourire, non pas gai mais docile, ma mère m'appela, et malgré la honte affreuse devant mes camarades j'allai vers elle. « Vaditchka, mon garçon, dit-elle de sa sourde voix de vieille en me tendant l'enveloppe et en touchant un bouton de mon pardessus de sa petite main jaune — craintivement, comme si elle avait peur de se brûler —, tu as oublié l'argent, mon garçon, et moi j'ai pensé il va s'inquiéter, alors voilà, je l'ai apporté. » L'ayant dit, elle me regarda comme si elle demandait l'aumône, mais, rendu furieux par la honte qu'elle m'avait infligée, je répliquai dans un murmure haineux que les sensibleries n'étaient pas de mise et que, puisqu'elle n'avait pu se retenir et avait apporté l'argent, elle n'avait qu'à aller payer elle-même. Ma mère restait là, silencieuse, écoutait sans répondre, baissait les yeux dans une attitude coupable et douloureuse; dévalant l'escalier déjà désert et tirant la porte résistante qui aspirait l'air avec bruit, je me retournai et la regardai, non par pitié pour elle, mais par crainte de la voir éclater en sanglots dans un endroit aussi peu indiqué. Ma mère était toujours sur le palier et, penchant la tête avec tristesse, me suivait des yeux. Voyant que je la regardais, elle agita la main qui tenait l'enveloppe, comme on le fait à la gare, et ce geste, si jeune et si alerte, ne faisait que montrer davantage à quel point elle était vieille, loqueteuse et pitoyable.

Dehors, je fus rejoint par plusieurs camarades, et l'un d'eux me demanda qui était ce pitre en jupons avec qui je venais de parler; je répondis, en riant joyeusement, que c'était une gouvernante tombée dans la misère, qui était venue me voir avec des lettres de recommandation, que je pouvais les présenter s'ils le désiraient : ils pourraient lui faire la cour, peut-être avec succès ? A peine ces paroles prononcées, les éclats de rire qu'elles provoquèrent me firent sentir que c'était trop, même pour moi, et qu'il n'aurait pas fallu les dire. Et lorsque, ayant payé, ma mère, voûtée comme si elle voulait se faire encore plus petite, sortit sans regarder personne, suivit le chemin vers le portail aussi vite qu'elle le pouvait, frappant l'asphalte de ses petits talons éculés et complètement tordus, je sentis que mon cœur souffrait pour elle.

Cette douleur, qui au premier moment me brûla

d'une façon si cuisante, fut cependant de courte durée : quand, revenant du lycée, j'entrai dans la maison et suivis jusqu'à ma chambre l'étroit couloir de notre pauvre appartement où ça sentait toujours la cuisine, cette souffrance, bien qu'elle eût cessé de faire mal, me laissait encore une impression pénible, tant elle avait été aiguë une heure auparavant; ensuite, quand dans la salle à manger je me mis à table et quand ma mère, assise devant moi, servit le potage, cette souffrance non seulement ne me dérangeait plus du tout, mais il m'était même difficile d'imaginer qu'elle avait pu, à un moment quelconque, me troubler.

A peine me sentis-je soulagé qu'une quantité de réflexions acerbes vinrent m'agiter. Et qu'une si vieille femme devrait comprendre que sa tenue me couvrait de honte, et qu'elle n'avait pas besoin de se traîner jusqu'au lycée avec son enveloppe; et qu'elle m'avait contraint de mentir, et me privait de la possibilité d'inviter chez moi des camarades. Je la regardais manger son potage, je la regardais lever sa cuillère d'une main tremblante et renverser la moitié dans son assiette, je regardais ses petites joues jaunies, son nez que rougissait la chaleur du potage, je voyais comment, après chaque bouchée, elle pourléchait le gras de sa langue blanchâtre, et je la haïssais d'une haine ardente. Sentant que je la dévisageais et m'ayant jeté l'habituel regard tendre de ses yeux marron, délavés, elle posa sa cuillère et, comme si ce regard l'obligeait à dire quelque chose, demanda : « C'est bon ? » Elle prononça ces mots en faisant l'enfant, secouant sa tête grise avec une affirmation interrogative. « C'est pon », dis-je sans confirmer ni infirmer, mais pour la singer. Je sortis ce « pon » avec une grimace de répugnance, comme si j'allais aussitôt vomir, et nos regards — le mien froid et haineux, le sien chaud, aimant et comme tourné vers l'intérieur — se rencontrèrent et se fondirent. Cela dura longtemps et je vis nettement l'expression de ses bons yeux se ternir, bientôt consternée, puis douloureuse — et plus ma victoire devenait manifeste, moins palpable et compréhensible paraissait ce sentiment de haine envers un être vieux et aimant, haine dont la puissance avait permis cette victoire. C'est pour cela, sans doute, que je n'y tins plus et, baissant les yeux le premier, pris ma cuillère et commençai à manger. Mais lorsque, apaisé intérieurement et voulant dire quelque chose d'insignifiant, je levai de nouveau la tête, je ne dis rien et, sans le vouloir, bondis de ma chaise. La main de ma mère, qui tenait sa cuillère de soupe, était posée sur la nappe. Elle appuyait sa tête au creux de l'autre main, le coude sur la table. Ses lèvres minces s'étiraient vers la joue, déformant le visage. Des brunes orbites de ses yeux fermés, qui tiraient les rides en éventail, des larmes coulaient. Et il y avait tant d'impuissance à se défendre dans cette petite tête vieille et jaune, tant de douleur amère et sans rancune, et tant de désespoir venu de sa répugnante vieillesse dont personne n'avait plus besoin — que je dis, louchant toujours vers elle, d'une voix dont la rudesse était déjà suspecte : « Voyons, il ne faut pas... Voyons, laisse tomber... il n'y a pas de quoi » et je voulais ajouter petite maman, et peut-être même m'approcher d'elle et l'embrasser, mais juste à ce moment la nounou, venant du couloir et se balançant sur sa botte de feutre, poussa la porte de l'autre pied et apporta un plat.

Là, je ne sais plus du tout pour qui ni pour quoi, mais le fait est que je flanquai aussitôt mon poing dans l'assiette et, définitivement convaincu de mon bon droit par la douleur de ma main blessée et mon pantalon trempé de soupe, vaguement conforté par l'extrême effroi de la bonne, je jurai de façon menaçante et m'en allai dans ma chambre.

Bientôt ma mère s'habilla, sortit et revint seulement vers le soir. Quand j'entendis ses pas marteler le long couloir depuis l'antichambre jusqu'à ma porte, l'entendis frapper et demander « Puis-je entrer ? », je me précipitai vers ma table, ouvris vivement un livre et, le dos à la porte, lui criai avec ennui : « Entre. » Ayant traversé la chambre, elle s'approcha de moi avec hésitation, de côté, et alors que, semblant plongé dans mon livre, je voyais qu'elle avait encore sa pelisse et son ridicule bonnet noir, ma mère sortit la main de son manteau, et posa sur la table deux billets de cinq roubles froissés comme si, pudiquement, ils voulaient se faire encore plus petits. Puis, ayant caressé ma main de sa petite main tordue, elle dit doucement : « Pardonne-moi quand même, mon petit. C'est que tu es bon. Je le sais. » Et, ayant caressé mes cheveux, ma mère demeura encore un instant, pensive, comme si elle voulait ajouter quelque chose, mais, n'ayant rien dit, sortit sur la pointe des pieds et ferma doucement la porte.

II.

Peu de temps après, je fus malade. Ma première frayeur, non négligeable, fut toutefois aussitôt apaisée par la gaieté affairée du médecin dont j'avais trouvé l'adresse au hasard, parmi les annonces de vénérologues qui remplissaient presque toute une page du journal. En m'examinant, il ouvrit les yeux avec une surprise respectueuse, tout à fait comme notre professeur lorsqu'un cancre lui donnait une réponse correcte à laquelle il ne s'attendait pas. M'ayant ensuite tapoté l'épaule, il conclut non pas d'un ton de consolation — ce qui m'aurait affecté —, mais avec la calme conviction de son pouvoir : « Ne vous tracassez pas, jeune homme, en un mois nous réparerons tout cela. »

Après avoir lavé ses mains, écrit des ordonnances, donné les indications nécessaires — sans un regard pour le rouble que j'avais maladroitement posé de travers et qui résonnait, en accélérant, pour devenir un roulement de tambour au fur et à mesure qu'il se couchait sur la table de verre —, le médecin, ayant avec délices gratté dans son nez, me laissa partir, me prévenant d'un air soucieux et sombre qui lui allait mal que la rapidité de la guérison comme ma guérison elle-même dépendaient entièrement de la régularité de mes visites, et que le mieux serait que je vienne tous les jours.

Bien que je fusse bientôt certain que ces visites quotidiennes n'étaient pas du tout nécessaires, et que de la part du médecin ce n'était qu'une manière de rendre plus fréquente la résonance de mon rouble, j'allais tout de même le voir tous les jours, j'y allais tout simplement parce que cela me faisait plaisir. Il y avait dans ce petit homme replet, court sur pattes, dans sa voix de basse juteuse comme s'il venait de manger quelque chose de bon, dans les plis de son cou gras rappelant des pneus de vélo posés les uns sur les autres, dans ses petits yeux rusés et gais, et en général dans son attitude envers moi un rien de facétieusement vantard, d'approbateur, et encore autre chose, difficile à saisir, mais qui me flattait agréablement. C'était le premier homme d'âge, c'est-à-dire adulte, qui me considérait et me comprenait exactement tel que je voulais alors me montrer. Et j'allais le voir tous les jours, pas pour lui, pas comme on va voir un médecin, mais comme on rencontre un copain : les premiers temps j'attendais même avec impatience l'heure fixée; je mettais, comme pour aller au bal, ma veste et mon pantalon neufs, et des escarpins vernis.

Pendant cette période, lorsque, voulant établir ma réputation d'enfant prodige érotique, je racontai en classe de quelle affection j'avais souffert (je dis que j'étais guéri, alors que mon mal ne faisait que commencer), pendant cette période, alors que je ne doutais pas du prestige gagné avec cette maladie, je commis un méfait épouvantable, dont la conséquence fut la mutilation d'une vie humaine, et peut-être même la mort.

Environ deux semaines plus tard, alors que les symptômes extérieurs s'atténuaient, mais que je me savais très bien encore atteint, je sortis, pensant faire un tour ou aller au ciné. C'était le soir, c'était la mi-novembre, cette saison merveilleuse. La première neige, duveteuse, semblable à des éclats de marbre dans une eau bleutée, tombait lentement sur Moscou. Les toits des maisons et les massifs des boulevards s'enflaient comme des voiles bleues. Les sabots des chevaux ne claquaient plus, les roues ne tapaient pas, et dans la ville devenue silencieuse les sonneries des tramways étaient troublantes comme au printemps. Dans la rue je rattrapai une jeune fille qui marchait devant moi. Je la rattrapai sans chercher à le faire, simplement parce que j'allais plus vite qu'elle. Mais lorsque, arrivé à sa hauteur pour la dépasser, je m'enfonçai dans une neige profonde, elle se retourna, nos regards se croisèrent, et nos yeux sourirent. Dans cette ardente soirée de Moscou, lorsque tombe la première neige, quand les joues sont tachées d'airelle, et que dans le ciel les fils se tiennent comme des câbles gris, où trouver, au milieu d'une soirée pareille, assez de force et de morosité pour s'en aller sans mot dire, pour ne plus jamais se rencontrer ?

Je demandai comment elle s'appelait et où elle allait. Elle s'appelait Zinotchka et elle allait non pas « où » mais « tout simplement comme ça ». Au croisement dont nous nous approchions se tenait un coursier; le traîneau était surélevé comme un verre à pied, l'énorme cheval était recouvert d'une toile blanche. Je proposai de faire une promenade et Zinotchka, le regard brillant dirigé vers moi, les lèvres comme un bouton, acquiesça de la tête, vite-vite, comme un enfant. Plongé sur l'avant du traîneau recourbé en point d'interrogation, le cocher était assis de biais par rapport à nous. Mais lorsque nous approchâmes, il s'anima et, nous suivant des yeux comme s'il visait une cible mouvante, fit feu, d'une voix enrouée : « S'iouplaît, s'iouplaît, je vous emmène. » Voyant qu'il avait fait mouche et qu'il fallait se saisir du gibier, il sortit du traîneau, immensément majestueux, vert, sans pieds, en gants blancs grands comme une tête d'enfant, coiffé d'un haut-de-forme à la Onéguine mais tronqué et orné d'une boucle, et il ajouta, en nous abordant : « Veuillez ordonner, je vous promène avec ma fringante, votre noblesse. »

Là commença la torture. Pour aller jusqu'au parc Petrovski et revenir en ville, il demandait dix roubles, et bien que « sa noblesse » n'eût en poche que cinq roubles cinquante, je serais, sans hésiter, monté dans le traîneau, estimant à cette époque que n'importe quelle filouterie était un déshonneur moindre que la nécessité de marchander avec un cocher en présence d'une dame. Mais Zinotchka sauva la situation. Le regard indigné, elle déclara résolument que c'était un prix incroyable, et qu'il était hors de question que je donne plus d'une « verte ». En même temps, elle me tirait par la main. Elle m'entraînait plus loin et moi, en m'en allant, je résistais un peu comme si, par cette résistance, je me délivrais de la honte de la situation et m'en déchargeais sur Zinotchka : je n'y étais pour rien, et bien entendu j'étais prêt à payer n'importe quel prix.

Après une vingtaine de pas, Zinotchka, avec une précaution de voleur, regarda par-dessus mon épaule et, voyant que la couverture du cheval était hâtivement enlevée, me dépassa, se mit sur la pointe des pieds, et chuchota avec exaltation : « Il veut bien, il est d'accord (elle applaudissait sans bruit), il va avancer tout de suite. Vous voyez maintenant quelle finaude je suis (elle essayait tout le temps de me regarder dans les yeux), vous voyez, pas vrai, aha ! »

Ce « aha » sonnait pour moi très agréablement. Il en ressortait que j'étais un élégant noceur, riche et prodigue, et qu'elle, pauvre et misérable fillette, freinait mes dépenses, et cela non pas, bien sûr, parce qu'elles dépassaient mes moyens, mais parce que dans l'horizon borné de sa misère, elle, elle la pauvrette ne pouvait concevoir de telles prodigalités.

Au carrefour suivant, le cocher nous rattrapa, nous dépassa, et, retenant l'ardeur du trotteur en manœuvrant les rênes de droite et de gauche comme un guidon, en se couchant sur le traîneau décrocha la couverture. Ayant installé Zinotchka et contourné le traîneau avec lenteur, alors que j'avais envie de me hâter, je me hissai sur le siège haut et étroit, accrochai la raide boucle en velours sur la tige métallique, enlaçai la taille de Zinotchka et, comme si j'avais l'intention de me battre, tirai très fort sur ma visière, puis dis fièrement : « Vas-y. »

On entendit un bruit paresseux de baiser, le cheval tira à peine, le traîneau glissa lentement et je me sentais déjà impatient et irrité par ce coquin de cocher. Mais lorsque après deux tournants on déboucha sur la Tverskaya-Yamskaya, le cocher rassembla tout à coup les rênes et cria « é-é-é-p » où le « é » aigu et métallique s'élevait en une montée stridente jusqu'à heurter le moelleux butoir du « p » qui empêchait d'aller plus loin. Le traîneau violemment tiré, nous fûmes, genoux levés, rejetés en arrière, et aussitôt après projetés en avant, le visage dans le dos rembourré du cocher. Et vers nous toute la rue se précipitait; la neige, en cordages mouillés, cinglait douloureusement les joues et les yeux; par instants seulement les tramways qu'on croisait lançaient des appels — et de nouveau le « ép », mais cette fois aigu et saccadé, comme un fouet, et puis, avec un bêlement haineux et joyeux, « balou-ou-ouï », et les noirs jaillissements des traîneaux en face, avec l'appréhension d'un brancard dans la gueule, et tchok-tchok-tchok sonnait la boue projetée par les sabots contre le devant métallique, et le traîneau vibrait, et nos cœurs vibraient.

« Ah ! comme c'est bon ! » chuchotait près de moi, dans la neige mouillée et cinglante, une voix enfantine et enthousiaste. « Ah ! comme c'est merveilleux, comme c'est merveilleux ! » Et moi aussi je me sentais merveilleusement bien. Mais, comme d'habitude, je résistais et me défendais de toutes mes forces contre cette exaltation qui se déchaînait en moi.

Lorsque, en coup de vent, nous dépassâmes le Yar et qu'on put apercevoir le belvédère de la station de tramways et la baraque fermée du marchand de bonbons près du passage menant au centre du parc, le cocher se rejeta en arrière sur nous et, retenant solidement le cheval, chantonna d'une douce voix de femme un saccadé pr...pr...pr... On entra au pas dans le passage, la neige s'arrêta immédiatement et ce n'est qu'autour d'un réverbère jaune et solitaire qu'elle voletait, indolente, sans tomber, comme si là-bas on secouait un duvet. Derrière le réverbère, dans l'obscurité de l'air, il y avait une enseigne sur des piliers, et, à côté, cloué de travers contre un arbre, un poing à l'index tendu, avec une manchette et un bout de manche. Une corneille marchait sur l'index, éparpillant la neige.

Je demandai à Zinotchka si elle n'avait pas froid. « Je suis merveilleusement bien, dit-elle, n'est-ce pas que c'est merveilleux, ah ? Tenez, prenez mes mains, réchauffez-les. » Je décollai mon bras de sa taille, j'avais des élancements dans l'épaule. L'eau coulait de ma visière sur les joues et derrière le col, sur nos visages mouillés le gel avait resserré nos mentons et nos joues à tel point qu'il nous fallait parler la figure immobile, les cils et les sourcils étaient figés de glaçons, la couverture. les épaules, les manches et la poitrine étaient revêtues d'une croûte gelée et craquante, la vapeur dégagée par nous et par le cheval semblait venir d'une ébullition, et les joues de Zinotchka étaient déjà comme si on y avait collé des pelures de pomme rouge.

Dans le cercle central, désert, tout était blanc et bleu ciel, et dans ce blanc et bleu ciel, dans leur brillance de naphtaline, dans ce silence immobile, un silence presque d'appartement, je vis mon cafard. Je me rappelai que dans quelques minutes nous serions en ville, qu'il faudrait sortir du traîneau, aller à la maison m'occuper d'une sale maladie, et le lendemain me lever dans le noir, et je cessai de me sentir merveilleusement bien.

C'était bizarre dans ma vie. Alors que j'éprouvais du bonheur, il me suffisait de penser que ce bonheur n'était pas là pour longtemps, et il cessait aussitôt d'être. La sensation de bonheur ne s'arrêtait pas du tout parce que les conditions extérieures qui l'avaient engendré avaient changé, mais seulement parce que je prenais conscience du fait que ces conditions extérieures allaient disparaître bientôt et à coup sûr. Et aussitôt que cette conscience me venait, le bonheur n'existait plus — et les conditions extérieures de ce bonheur qui ne s'étaient pas interrompues, qui existaient toujours ne faisaient qu'agacer. Lorsque, quittant le cercle central, nous nous retrouvâmes sur la chaussée, je ne désirais plus qu'une chose : arriver au plus tôt en ville, sortir du traîneau et régler le cocher.

Le retour fut froid et ennuyeux. Mais, quand arrivés à la hauteur du Monastère de la Passion le cocher se retourna pour savoir si l'on continuait et où

— alors, regardant interrogativement Zinotchka, je sentis, comme à l'accoutumée, mon cœur s'arrêter délicieusement : Zinotchka fixait non pas mes yeux, mais mes lèvres, avec ce regard stupide et féroce dont je connaissais bien la signification. Me soulevant sur mes genoux tremblants de bonheur, je dis à l'oreille du cocher d'aller chez Vinogradov.

Ce serait parfaitement faux d'imaginer que, durant les quelques minutes nécessaires pour arriver à la maison de rendez-vous, je n'étais nullement inquiet du fait d'être malade et de m'apprêter à contaminer Zinotchka. La serrant contre moi, j'y pensais même sans arrêt, mais je redoutais non la responsabilité face à moi-même, seulement les ennuis que d'autres pourraient me causer pour ce méfait. Et comme cela arrive presque toujours dans de tels cas, cette crainte, sans faire obstacle à l'accomplissement du forfait, m'incitait seulement à l'accomplir de façon que personne ne connût le coupable.

Quand le traîneau s'arrêta devant la maison rousse aux fenêtres obturées, je demandai au cocher d'entrer dans la cour. Pour passer sous le portail, il fallait faire reculer le traîneau vers la clôture du boulevard, mais quand nous fûmes sous le portail, les patins en chuintant accrochèrent l'asphalte, le traîneau s'arrêta en travers du trottoir, et pendant ces quelques secondes où le cheval s'embourba puis nous emporta d'un seul coup dans la cour, les passants qui se trouvaient là contournaient le traîneau et nous dévisageaient avec curiosité. Deux d'entre eux s'arrêtèrent même et Zinotchka en fut visiblement impressionnée. Ce fut comme si elle s'était éloignée, comme si elle était devenue étrangère, blessée et inquiète.

Alors que, descendue du traîneau, elle se retirait dans un coin sombre, je réglai le cocher qui réclama un supplément, et me rappelai avec déplaisir qu'il ne me restait plus que deux roubles cinquante, et que si les chambres bon marché étaient occupées, il était possible qu'il me manquât cinquante kopeks. Ayant payé la course et rejoint Zinotchka, je compris, ne serait-ce qu'à la façon dont elle tiraillait son sac et remuait avec indignation son épaule, que comme ça, tout de go, elle ne viendrait pas. Le cocher était déjà parti et le virage brusque du traîneau laissait voir un cercle aplati. Les deux autres, les curieux qui s'étaient arrêtés à notre arrivée, s'étaient mis à l'écart dans la cour et observaient. Leur tournant le dos de façon que Zinotchka ne pût les voir, je l'enlaçais par les épaules et l'appelais petite, et fillette, et petiote, je lui disais des mots qui n'auraient eu aucun sens s'ils n'avaient été prononcés d'une voix onctueuse dont le son était, de lui-même, devenu sucré comme de la mélasse. Ayant senti qu'elle cédait, qu'elle redevenait la Zinotchka d'avant — bien que ce ne fût pas celle qui m'avait lancé ce regard terrible (comme il m'avait semblé) près du Monastère — mais celle qui, dans le parc, disait « C'est merveilleux ! ah ! comme c'est merveilleux ! », je commençai à lui expliquer d'une façon embrouillée et décousue que j'avais en poche cent roubles, qu'on ne me les changerait pas ici, que j'avais besoin de cinquante kopecks, que dans quelques minutes je les lui rendrais, et que... Mais sans me laisser terminer, avec une hâte peureuse Zinotchka ouvrit, vite-vite, son vieux sac en toile cirée façon crocodile, en sortit un tout petit porte-monnaie et le vida dans ma main. Je vis un monticule de petites pièces d'argent qui, en quelque sorte, étaient comme une curiosité, et regardai Zinotchka d'un air interrogateur. « Il y en a juste dix, dit-elle comme pour m'apaiser, puis, se recroquevillant pitoyablement, et comme pour s'excuser, ajouta pudiquement : « J'ai mis très longtemps à les réunir, on dit qu'ils portent bonheur. » « Mais, petite, répliquai-je dans un noble sursaut d'indignation, alors vraiment c'est dommage. Reprends-les, je m'en passerai. » Mais Zinotchka, en se fâchant pour de bon, grimaçait dans l'effort que ses mains faisaient pour refermer la mienne. « Vous devez prendre, disait-elle. Vous devez. Vous me vexeriez. »

Ira ou n'ira pas, ira ou refusera — était la seule chose qui troublait mes pensées, mes sentiments, tout mon être, pendant que, comme par hasard, j'amenais Zinotchka vers l'entrée de l'hôtel. Sur la première marche, elle sembla reprendre ses esprits, regarda, désespérée, le portail ouvert où les deux autres se tenaient encore, tels des gardiens barrant le passage; puis, comme avant une séparation, se tourna vers moi, me sourit pitoyablement et, baissant la tête, un peu voûtée, cacha son visage dans ses mains. Je la saisis par le bras, très haut, presque sous l'aisselle, je la traînai en haut de l'escalier et la poussai dans la porte obligeamment ouverte par le portier.

Quand, une heure ou je ne sais combien de temps après, nous sortîmes, je demandai à Zinotchka encore dans la cour de quel côté elle allait, avec l'intention, indiquant ma maison dans la direction opposée, de lui dire adieu dès le portail. On faisait toujours comme ça en sortant de chez Vinogradov.

Mais si, d'habitude, ces séparations définitives étaient motivées par une ennuyeuse satiété, quelquefois par de la répugnance — sentiments qui m'empêchaient de croire que cette fillette pouvait redevenir désirable (tout en sachant que j'aurais des regrets le lendemain) — maintenant, en congédiant Zinotchka, je n'éprouvais que du dépit.

J'éprouvais du dépit parce que dans la chambre, derrière le paravent, Zinotchka, que j'avais contaminée, n'avait pas justifié mes espoirs, demeurant exaltée, et à cause de cela aussi asexuée qu'avant, quand elle disait « Ah ! comme c'est merveilleux ! ». Dévêtue, elle me caressait les joues, répétant « Mon petit amour, mon petit lapineau », d'une voix qui résonnait de tendresse enfantine, puérile, et cette tendresse, non pas coquette, non, mais venue de l'âme, troublait ma conscience et m'empêchait de me montrer tout entier, dans ce qu'on a l'habitude d'appeler impudeur, bien que ce soit faux, car l'attrait principal et ardent de la dépravation humaine est la violation de la pudeur, et non son absence. Sans le savoir, Zinotchka empêchait la bête de dominer l'homme, et c'est pourquoi, maintenant, éprouvant insatisfaction et dépit, je désignais tout cet incident d'un seul mot : inutile. Il était inutile de contaminer la gosse — je le pensais et je le sentais, mais cet « inutile » je le pensais et le sentais non seulement comme si je n'avais commis aucun acte horrible, mais au contraire comme si je m'étais sacrifié, espérant, en retour, un plaisir que justement je n'avais pas reçu.

Et ce n'est que sous le portail, quand Zinotchka rangea soigneusement, pour ne pas le perdre, le bout de papier sur lequel j'avais écrit mon prétendu nom et le premier numéro de téléphone venu à l'esprit, quand, m'ayant dit au revoir et remercié, Zinotchka s'éloigna, oui, alors seulement, une voix intérieure — mais pas celle arrogante et présomptueuse dont je me servais dans mes fantasmes lorsque, couché sur mon divan, en pensée je m'adressais au monde extérieur mais une voix calme et sans haine, qui ne s'adressait qu'à moi-même — s'éleva. « Hé toi, disait amèrement cette voix, tu l'as détruite, cette gamine. Tiens, regarde, la voilà qui s'en va, cette mioche. Et tu te rappelles, comme elle disait : "Ah ! mon petit amour." Et pourquoi l'as-tu détruite ? Qu'est-ce qu'elle t'a fait ? Hé, toi ! »

Quelle chose étonnante — un dos qui s'éloigne — le dos d'un être injustement blessé qui s'en va pour toujours ! Il y a en lui une espèce d'impuissance, une faiblesse qui réclame la pitié, qui vous appelle, qui vous oblige à le suivre. Il y a dans le dos d'un être qui s'éloigne quelque chose qui évoque les injustices et les offenses qu'on sentira encore le besoin de raconter, et qui répète qu'il faut dire adieu encore une fois, qu'il faut le faire vite, immédiatement, parce que cet être s'en va à jamais et laissera derrière lui beaucoup de souffrance qui va tourmenter longtemps encore et, peut-être, dans la vieillesse, empêchera de dormir la nuit.

La neige tombait de nouveau, mais déjà sèche et froide, le vent secouait les réverbères, et les ombres des arbres du boulevard s'agitaient de conserve, comme des panaches. Depuis longtemps, Zinotchka avait tourné le coin de la rue, depuis longtemps on ne la voyait plus, mais en imagination je la faisais revenir vers moi, encore et encore, la laissais aller jusqu'au coin, regardais son dos qui s'éloignait, et de nouveau, je ne sais pas pourquoi de dos, elle voletait vers moi. Et lorsque enfin, frôlant par hasard ma poche où tintèrent ses dix piécettes inutilisées, je me rappelai immédiatement les lèvres et la petite voix, quand elle avait dit : « J'ai mis très longtemps à les réunir, on dit qu'ils portent bonheur », alors ce fut comme un coup de fouet sur mon cœur ignoble, un fouet qui me poussa à courir, à courir dans la neige profonde, dans cet état de larmoyance qu'on éprouve lorsqu'on court derrière le dernier train qui vient de partir, lorsqu'on court et que l'on sait qu'on ne pourra pas le rattraper.

Cette nuit-là, j'errai longtemps encore sur les boulevards. Cette nuit je me promis de garder toute ma vie, toute ma vie, les pièces d'argent de Zinotchka. Quant à Zinotchka, je ne l'ai plus jamais rencontrée. Grande est Moscou et il s'y trouve beaucoup de monde.

III.

La tête meneuse de notre classe était composée de Stein, d'Egorof et — comme j'avais alors envie de le croire — de moi-même.

Avec Stein, j'étais lié d'amitié tout en me rendant compte — c'était une inquiétude constante — que si je cessais d'entretenir en moi cette amitié je le détesterais aussitôt. Blondasse, sans sourcils, la calvitie se dessinant déjà, Stein était le fils d'un riche fourreur juif et le meilleur élève de la classe. Les professeurs l'interrogeaient très rarement, s'étant assurés au fil des années de ses connaissances irréprochables. Mais lorsque, après un coup d'œil à son carnet, le professeur disait « Sch-ch-tein », toute la classe se plongeait dans un silence particulier. S'arrachant de son banc avec bruit, comme si quelqu'un l'y eût retenu, Stein sortait rapidement de la travée, et, mal assuré sur ses jambes maigres et très longues, se mettait debout loin de la chaire, tellement penché que si, à partir de la pointe de ses pieds, on avait tracé une ligne droite vers le haut, elle serait passée par son épaule étroite et maigre, près de laquelle il réunissait, comme pour une prière, ses énormes mains blanches. Se tenant de travers, tout son poids portant sur un seul pied, l'autre ne touchant le plancher que de l'extrémité de la chaussure (comme si cette jambe était plus courte), il ressemblait quelque peu à une bonne femme, maladroitement désaxé, mais nullement ridicule. Pendant qu'il écoutait les questions, il affectait une condescendance négligente, puis sa voix traduisait une hâte qui le tirait en avant comme si elle venait de l'abondance de son savoir; il tambourinait brillamment sa réponse en attendant le bienveillant « Asseyez-vous », essayant toujours de regarder au-delà de la classe — vers la fenêtre, et avec cela ses lèvres avaient l'air de mastiquer ou de chuchoter. Lorsque, s'arrachant de la même façon du parquet luisant, il retournait vite à sa place, il s'asseyait avec bruit et commençait aussitôt à écrire ou à farfouiller dans son pupitre jusqu'à ce que l'attention générale fût détournée par l'interrogation suivante.

Si, pendant les récréations, on racontait quelque chose de drôle et si le moment d'hilarité générale surprenait Stein à son pupitre, il renversait la tête en arrière, fermait les yeux, plissait le visage pour exprimer la souffrance que lui procurait l'envie de rire, et en même temps frappait, vite-vite, de la tranche de la main contre le pupitre, comme si par ces coups il voulait s'abstraire du rire qui l'étouffait; cependant ses lèvres demeuraient closes et ne produisaient aucun bruit. Ensuite, ayant attendu que les autres soient calmés, il ouvrait les yeux, les essuyait avec un mouchoir et prononçait « Ouff ».

Il nous racontait ses engouements : le ballet et la « maison » de Maria Ivanovna dans la rue Kossoï, et son expression favorite : « Il faut être européen » revenait continuellement, à propos et hors de propos. « Il faut être européen », disait-il en indiquant sur la pendule qu'il était arrivé juste une minute avant la prière; « Il faut être européen », remarquait-il en racontant que la veille au soir il avait assisté à un ballet dans une loge d'avant-scène; « Il faut être européen », ajoutait-il, laissant entendre qu'après le ballet il était allé chez Maria Ivanovna. Ce n'est que plus tard, quand Egorof se mit à le persécuter, que Stein perdit un peu sa manie.

Egorof aussi était riche. Fils d'un exploitant forestier de Kazan, il était très soigné, très parfumé, avec l'entaille de la raie jusqu'au cou, des cheveux jaunes et bien gominés, brillants comme du bois laqué, qui, s'ils se décoiffaient, se décollaient par plaques. Il aurait été beau, n'étaient ses yeux, aqueux et ronds, des yeux vitreux d'oiseau, qui devenaient peureusement stupéfiés quand son visage prenait un air sérieux. Dans les premiers mois de son entrée au lycée, quand Egorof affectait des façons populaires et se donnait même le nom de Yagorouchka, quelqu'un, en abrégeant, l'appela Yag, et ce surnom lui resta.

On l'avait fait venir à Moscou alors qu'il avait déjà quatorze ans et il fut affecté directement en quatrième. C'est le surveillant qui nous l'amena en classe, un matin, avant les cours, et qui lui proposa aussitôt de lire la prière, alors que vingt-cinq paires d'yeux à l'affût le fixaient sans relâche, cherchant intensément tout ce qui, en lui, pût prêter à moquerie.

D'habitude, la prière était lue avec une précipitation monotone, et tout cela se traduisait pour nous par l'obligation rituelle de nous lever, de nous tenir debout une demi-minute, puis de nous rasseoir dans le fracas des pupitres. Mais Yag commença de lire la prière avec netteté et avec une ferveur artificielle, et en même temps il faisait le signe de croix non pas comme tout le monde — chassant une mouche de son nez — mais en fermant les yeux, avec piété, et en saluant de façon théâtrale; puis renversait la tête en arrière et de ses yeux troubles cherchait l'icône de la classe, haut perchée. Aussitôt des rires se firent entendre, tout le monde flaira une plaisanterie — et ce soupçon bientôt certitude, les rires dispersés devinrent un éclat de rire général aussitôt que Yag, coupant court aux paroles de la prière, jeta sur nous un regard circulaire, trouble, un regard de poulet étonné et inquiet. Quant au surveillant de la classe, il était extrêmement agité et criait à Yag et à nous tous que si quelque chose de semblable se renouvelait il porterait l'affaire devant le Conseil. Ce ne fut qu'une semaine plus tard, alors que tout le monde savait déjà que Yag était d'une famille très pieuse, issue des « raskolniks[1] » — qu'un jour, après les cours, ce même surveillant, un homme assez âgé, s'approcha soudain de Yag et, rougissant comme un jeune homme, lui prit la main et regardant de côté dit brusquement : « Vous, Egorof, s'il vous plaît, pardonnez-moi. » Et aussitôt arracha brutalement sa main et, tout voûté, s'éloigna dans le couloir, faisant avec ses bras des gestes comme s'il saisissait quelque chose au plafond et le jetait brusquement par terre. Quant à Yag, il se retira près de la fenêtre et, nous tournant le dos, se moucha longuement.

Mais c'était seulement au début. Dans les classes supérieures, selon les dires de la direction, Yag s'était beaucoup corrompu, et mis à boire. En arrivant le matin en classe, il faisait à dessein un détour, approchait du banc où Stein était assis et envoyait un rot terrible, comme une coûteuse fumée de cigare, vers le nez de Stein. « Il faut être européen »,

1. Raskolniks ou vieux-croyants (du mot Raskol — rupture), opposants à la réforme liturgique du patriarche Nikon (milieu du XVIIe siècle). Il en existe encore de nos jours.

expliquait-il à la cantonade. Bien que Yag habitât tout seul à Moscou, louant dans un hôtel particulier des chambres coûteuses, bien que, visiblement, il reçût de chez lui beaucoup d'argent et apparût souvent en fiacre de luxe avec des femmes — malgré tout cela il travaillait très bien et régulièrement, était considéré comme un des meilleurs élèves, et peu de gens savaient qu'il était aidé par des répétiteurs dans presque toutes les matières.

On pouvait dire que toute la classe adhérait à nous trois — Stein, Yag et moi, la « tête » de classe, comme on nous désignait — à la façon d'un fer à cheval que l'on met en contact avec une tige aimantée. A l'un de ses bouts, ce fer à cheval se joignait à nous par son meilleur élève et, s'éloignant le long du demi-cercle de ce fer en suivant les notes décroissantes, nous rejoignait par son autre extrémité, où se trouvait l'élève le plus mauvais, un vaurien. Quant à nous, la tête, c'était comme si nous réunissions les caractéristiques de l'un et de l'autre : ayant les notes du meilleur, nous avions, auprès de la direction, la réputation du plus mauvais.

Du côté des bons élèves nous étions rejoints par Eisenberg. Du côté des vauriens par Takadjief.

Eisenberg ou, comme on l'appelait, « le très doux » était un garçon juif très modeste, très appliqué et très timide. Il avait une habitude bizarre : avant de dire quelque chose ou de répondre à une interrogation, il avalait sa salive en s'aidant d'une inclination de tête, et, l'ayant avalée, prononçait : « Mté ». Tout le monde jugeait indispensable de railler sa continence (bien que personne ne pût vérifier la réalité de cette continence et que lui-même ne la confirmât nullement) et souvent, pendant la récréation, la foule qui l'entourait, avec l'injonction

« Allons, Eisenberg, montre-nous ta dernière maîtresse », examinait attentivement ses mains. Quand Eisenberg s'adressait à l'un de nous, il penchait toujours la tête, regardait en louchant de ses yeux couleur d'ortie et mettait la main devant sa bouche.

Takadjief était le plus âgé et le plus baraqué de la classe. Cet Arménien était aimé de tous pour son extraordinaire habileté à déplacer la cible des moqueries de lui-même à la note désastreuse qu'il venait d'avoir, et cela, à la différence des autres, sans aucune animosité envers le professeur, s'en amusant lui-même plus que tous les autres. Lui aussi avait, comme Stein, une expression favorite, qui avait pris naissance dans les circonstances suivantes. Un jour qu'il rendait les devoirs corrigés, le professeur de littérature, l'intelligent et bon Semenof, donna son cahier à Takadjief avec de malicieux coups d'œil, lui déclara que, même si sa dissertation était irréprochable et qu'il ne s'y trouvât qu'une faute négligeable — une virgule mal placée —, lui, Semenof, était obligé, à cause même de cette faute, de lui mettre un zéro. La raison de cette note, à première vue injuste, il fallait la voir dans la concordance, mot pour mot, de la dissertation de Takadjief avec celle d'Eisenberg, et de la concordance aussi — et c'était là un mystère particulier — de la virgule mal placée. Ajoutant son préféré « On reconnaît le faucon à son vol et le gars à sa morve », Semenof rendit le cahier à Takadjief. Mais celui-ci demeura près de la chaire. Il demanda encore une fois à Semenof si c'était possible et s'il avait bien compris, et comment concevoir ces deux virgules également mal placées. Ayant reçu le cahier d'Eisenberg aux fins de comparaison, il le feuilleta longuement, comparant et vérifiant, avec, sur son visage, une stupéfaction grandissante; enfin manifestant une totale consternation, il jeta un regard vers nous qui étions prêts à éclater de rire et tourna très lentement ses yeux écarquillés vers Semenof. « Une tttelle caincitance », chuchota-t-il tragiquement, haussant les épaules et abaissant le coin des lèvres. Le zéro fut mis, le prix était pour ainsi dire payé. Takadjief qui, en réalité, possédait parfaitement la langue russe avait simplement saisi l'occasion d'amuser les copains, lui-même, et de surcroît le professeur qui, malgré la férocité impitoyable de ses notes, aimait rire.

Tels étaient nos points de contact avec les extrémités du fer à cheval de notre classe, dont les autres élèves paraissaient d'autant plus éloignés et par conséquent incolores qu'ils approchaient plus du centre de ce fer en raison de leur lutte éternelle entre les notes 2 et 3. C'est dans ce milieu lointain et étranger que se trouvait Vassili Bourkevitz, un gars petit, ébouriffé, avec des points noirs sur la figure, lorsqu'il lui arriva une aventure très exceptionnelle dans la vie tranquille et parfaitement réglée de notre vieux lycée.

IV.

Nous étions en cinquième et c'était le cours d'allemand que nous enseignait von Folkman, un homme totalement chauve, avec une figure rouge et des moustaches blanches touchées de rouille, à la Mazeppa. Il interrogea Bourkevitz (il l'appelait Bourkevitz en mettant l'accent sur le *ou*), d'abord à sa place; puis, comme quelqu'un soufflait obstinément et fort, Folkman se fâcha, son teint carotte devint rouge betterave, et ayant ordonné à Bourkevitz de sortir de son banc et d'aller au tableau il tirait déjà amoureusement sur le frein de sa colère — sa moustache blanc-rouille — tout en marmonnant « Verdamnte Bummelei[1] ». Debout près du tableau, Bourkevitz allait réciter la leçon lorsqu'il lui arriva quelque chose d'extrêmement désagréable : il éternua, mais d'une façon si malencontreuse que son nez lâcha une chandelle qui, en se balançant, resta suspendue presque jusqu'à la ceinture. Tous ricanèrent. « Was ist denn wieder los? » demanda Folkman, puis, se retournant et ayant vu, ajouta : « Na, ich danke[2]. » Bourkevitz, le rouge de la honte aux joues, puis pâlissant jusqu'au verdâtre, cherchait dans ses poches de ses mains tremblantes. Mais il n'avait pas de

1. « Maudit désordre ».
2. « Est-ce terminé... eh bien, je vous remercie ».

mouchoir sur lui. « Eh, toi, mon cher, tu ferais mieux de te les arracher, tes huîtres, remarqua Yag. Dieu est miséricordieux, et nous on a encore à dîner aujourd'hui. » « Une tttelle caincitance », s'étonnait Takadjief. Toute la classe hurlait déjà de rire et Bourkevitz, désemparé et terriblement pitoyable, se précipita dans le couloir. Quant à Folkman, il frappait sur la table avec son crayon et criait « Rrruhe[3] » mais dans le fracas général on n'entendait que le rugissement de la première lettre, un son qu'illustrait merveilleusement l'expression de ses yeux écarquillés à tel point que nous avions peur pour lui plus que pour nous-mêmes.

Le jour suivant, toutefois, au cours d'allemand, Folkman qui, visiblement, était de bonne humeur et avait décidé de s'amuser appela de nouveau Bourkevitz : « Buk w tz » ! Ubersetzen Sie weiter, ordonna-t-il, ajoutant avec une feinte terreur : aber selbstverständlich nur im Falle, wenn Sie heut'n Taschentuch besitzen[4]. »

Folkman avait ceci de particulier que seule la connaissance des événements antérieurs permettait de deviner s'il toussait ou s'il riait. En le voyant maintenant, après les paroles prononcées, ouvrir largement la bouche et en laisser échapper un flot glougloutant, bouillonnant et rauque, en voyant les bouts rouillés de sa moustache se soulever comme si un vent terrible sortait de sa bouche, en voyant sur sa calvitie devenue couleur framboise s'enfler une veine violette de la grosseur d'un crayon — toute la classe se pâma dans un éclat de rire sauvage. Quant à Stein, la

3. « Silence ».
4. « Continuez à traduire... Mais naturellement, seulement dans le cas où vous auriez aujourd'hui un mouchoir. »

tête renversée, les yeux douloureusement fermés, il tapait fort sur le pupitre de son poing blanc, et c'est seulement lorsque tout le monde fut calmé qu'il s'essuya les yeux et fit « Ouff ».

Quelques mois plus tard seulement, nous comprîmes à quel point cet éclat de rire avait été cruel et déplacé.

C'est qu'à la suite de sa mésaventure Bourkevitz quitta le cours, et le lendemain apparut avec un visage étranger, un visage de bois. A partir de ce jour, la classe cessa d'exister pour lui, c'était comme s'il nous avait enterrés, et il est probable que nous aussi nous l'aurions oublié en peu de temps si, une ou deux semaines plus tard, les enseignants et nous-mêmes n'avions remarqué quelque chose d'extrêmement étrange : Bourkevitz, cet habitué des notes 2 et 3, se mit tout à coup à bouger, d'une façon vigoureuse et imprévue, du milieu du fer à cheval de la classe et, très lentement d'abord, puis de plus en plus vite, avança sur ce fer dans la direction d'Eisenberg et de Stein.

Ce mouvement fut d'abord très lent et pénible. Il est inutile de dire que, même dans un système de notation, le professeur se laisse habituellement guider moins par les connaissances qu'un élève manifeste au moment d'une interrogation que par la réputation que cet élève s'est faite au fil des années.. Il arrivait, bien que ce fût très rare, que des réponses isolées de Stein ou d'Eisenberg fussent si médiocres que, si un Takadjief s'était trouvé à leur place, il aurait certainement récolté un 3. Mais comme il s'agissait d'Eisenberg ou de Stein, réputés titulaires des 5 depuis toujours, le professeur, même pour une telle réponse, peut-être même à contrecœur, leur mettait un 5. Dans de tels cas, il serait aussi peu équitable d'accuser les enseignants d'injustice que d'accuser d'injustice le monde entier.

Il arrive souvent que des artistes consacrés, ces habitués des 5 du monde des beaux-arts, reçoivent de leurs critiques des comptes rendus enthousiastes pour des œuvres tellement médiocres et incohérentes que, si elles avaient été créées par quelque anonyme, elles n'auraient pu, au mieux, compter que sur le 3 d'un Takadjief. Mais la principale difficulté de Bourkevitz n'était pas tant son anonymat que — et c'était bien pire — sa réputation, établie depuis des années, de médiocre titulaire du 3, et c'était surtout cette réputation de médiocrité qui l'empêchait d'avancer, se dressant devant lui comme un obstacle infranchissable.

Bien entendu, ce ne fut vrai qu'au début. De façon générale, la psychologie du système de notation sur 5 est telle que passer du 3 au 4 équivaut à la traversée d'un océan, mais que le 5 est à portée de main du 4. Entre-temps, Bourkevitz fonçait. Lentement et obstinément, sans reculer d'un pouce, toujours en avant, il suivait la courbe, de plus en plus près d'Eisenberg, de plus en plus près de Stein. A la fin de l'année scolaire (l'histoire de l'éternuement avait eu lieu en janvier), il était déjà près d'Eisenberg, bien que, faute de temps, il ne pût l'égaler. Mais, quand, après le dernier examen, Bourkevitz, toujours avec son visage de bois et sans dire au revoir à personne, passa dans le vestiaire, nous ne pouvions tout de même pas supposer que nous allions être témoins de sa lutte ardue, sa lutte pour la suprématie, lutte qui allait s'engager dès le début de l'année scolaire suivante

V.

La compétition commença dès les premiers jours : d'un côté Vassili Bourkevitz, de l'autre Eisenberg et Stein. A première vue, elle pouvait paraître dénuée de sens : Bourkevitz comme Eisenberg et Stein n'obtenait que des 5. Et cependant la lutte se poursuivait, passionnée, pour une invisible majoration, pour un dépassement au plus haut degré de ce 5 qui, bien qu'impossible à faire figurer dans le journal de classe, était perçu par les élèves et par les enseignants comme un indice subtil mais primordial de la suprématie en question.

Le professeur d'histoire suivait cette compétition avec une attention particulière, et il lui arrivait même d'interroger tous les trois — Eisenberg, Stein et Bourkevitz — l'un après l'autre, pendant le même cours. Je n'oublierai jamais le silence électrisé de la classe, les yeux humides, ardents et voraces chez tous, le trouble caché et d'autant plus violent, et il me semble que nous éprouvions la même chose que devant une course de taureaux, s'il nous avait été impossible de traduire notre émotion par des cris.

Eisenberg sortait le premier. Ce petit travailleur honnête savait tout. Il savait tout ce qu'il fallait savoir, il en savait même davantage, il savait plus que ce qu'on lui demandait. Mais en même temps, si les connaissances qui étaient exigées pour ce cours étaient exprimées par une énumération sèche, bien qu'irréprochable, bien qu'exacte, bien qu'infaillible des événements historiques, les connaissances qu'on ne lui demandait pas et par lesquelles il voulait briller n'étaient qu'une anticipation des leçons à venir.

Puis, rapidement comme d'habitude, sortait Stein, dont la silhouette oblique faisait pencher toute la pièce. De nouveau la même question que celle posée à Eisenberg, et Stein se mettait à tambouriner en maître. Ce n'était plus Eisenberg avec sa salive avalée et ses « mté » informes précédant les phrases; en un sens, ce que Stein donnait était brillant. Il crépitait comme un moteur de grande puissance, les étincelles de mots étrangers fusaient sans ralentir le discours, les citations latines se présentaient comme des ponts bien ajustés, et sa prononciation martelée portait tout cela à notre ouïe, nous permettant de nous reposer agréablement sans être obligés de tendre l'oreille, ni de faire des efforts, et en même temps sans permettre qu'une seule goutte sonore fût répandue dans le vide. En terminant et pour compléter le tout en un résumé brillant de son discours, Stein nous faisait comprendre de façon transparente que lui, Stein, homme de son siècle, en nous racontant tout cela ne faisait en réalité que condescendre vers ces gens des époques révolues qu'il considérait de haut. Que lui, qui avait maintenant à sa disposition les automobiles et les avions, le chauffage central, et la Compagnie des wagons-lits, s'estimait parfaitement en droit de regarder de haut les gens de l'époque de la traction hippomobile, et que s'il étudiait ce passé c'était peut-être bien pour s'assurer une fois de plus de la grandeur de notre siècle inventif.

Et enfin Vassili Bourkevitz, et de nouveau la même question qu'aux deux autres. Aux premières paroles.

Bourkevitz décevait. Il indiquait un peu trop sèchement la voie de son récit; or nos oreilles gâtées attendaient le tambour martelé de Stein. Mais déjà, après quelques phrases, Bourkevitz, comme par mégarde, mentionnait un petit détail de la vie courante de l'époque dont il parlait comme si, levant soudain la main, il lançait une rose opulente sur les monticules de tombes historiques. Après ce premier trait quotidien suivait un deuxième, aussi solitaire qu'une goutte d'eau avant l'orage, puis un troisième, et puis beaucoup, et enfin toute une pluie, de sorte que dans le développement des événements il avançait de plus en plus lentement et difficilement. Et les vieilles tombes, comme décorées de fleurs déposées l'une après l'autre, semblaient fraîchement creusées, toutes récentes, présentes dans la mémoire. C'était le début.

A peine la puissance de ce début avait-elle rapproché de nous, et les maisons anciennes, et les gens de jadis, et les activités de ces temps passés, que se trouvait démenti le point de vue de Stein qui magnifiait notre époque par rapport à celle du passé parce que, soi-disant, un express de luxe couvrait en vingt heures une distance qu'il aurait fallu plus d'une semaine pour franchir dans ces temps lointains de la traction hippomobile. Par un encerclement habile — qui ressemblait peu à de la préméditation — des mœurs quotidiennes du présent et du passé, Bourkevitz, sans l'affirmer, nous faisait quand même comprendre que Stein s'était lancé sur une fausse route. Que la différence entre les gens ayant vécu au temps de la traction hippomobile et ceux vivant dans le présent, à l'époque des perfectionnements techniques — cette différence qui, d'après Stein, lui donnait à lui, homme du présent, le droit de se sentir supérieur aux gens des époques passées — n'existait pas en réalité, qu'au contraire, toute différence abolie, c'était justement leur similitude qui expliquait la ressemblance frappante des rapports humains au temps où une distance à parcourir demandait une semaine et dans le présent, quand cette distance était parcourue en vingt heures. De même que maintenant les gens très riches, couverts de vêtements coûteux, roulent en wagons-lits internationaux, de même autrefois bien que d'une autre façon, des gens très richement vêtus, emmitouflés de zibelines, roulaient dans des carrosses capitonnés de soie; de même que maintenant il y a des gens qui, vêtus peut-être moins richement mais tout de même très bien, voyagent en seconde classe et dont le but, dans la vie, est de se procurer le moyen de voyager en wagons-lits, de même autrefois il y avait des gens qui roulaient emmitouflés de renards dans des équipages plus modestes et dont le but était d'en acquérir un plus cher et de remplacer le renard par la zibeline; de même qu'il y a maintenant des gens voyageant en troisième, n'ayant pas de quoi se payer le prix de la vitesse et voués à supporter la dureté des planches d'un train postal, de même il y avait autrefois des gens qui, n'ayant ni argent ni grade, supportaient d'être dévorés par les punaises du divan d'un relais; enfin, de même qu'il y a maintenant des gens affamés, pitoyables et loqueteux, marchant le long des traverses, de même il y avait autrefois des gens aussi affamés, aussi pitoyables, dans des loques semblables, traînant le long du trajet postal. Depuis longtemps les soies étaient pourries, les carrosses tombés en morceaux, les mites avaient bouffé les zibelines, alors que les gens, comme si les mêmes étaient restés là, comme s'ils n'étaient pas morts, avec la même médiocre vanité, la même envie et la même animosité, sont entrés dans le monde présent. Il n'existait plus, ce passé d'opérette de Stein, que la locomotive et l'électricité auraient dévalué, parce que le passé, que Bourkevitz, par son pouvoir, rapprochait de nous, prenait nettement les formes de notre actualité. Et, revenant de nouveau aux événements, y introduisant des traits de vie quotidienne, comparant les caractères et les actes d'individus isolés, Bourkevitz entraînait obstinément du côté qui lui importait. La courbe de son récit, après de nombreuses comparaisons, sans entrer dans des affirmations et pour cela encore plus convaincante, aboutissait à la conclusion — lui ne la formulait pas, nous en laissant le soin — que dans ce passé, dans ce lointain passé, on ne pouvait pas ne pas remarquer, ne pas voir cette révoltante, cette sacrilège injustice : la disparité entre les qualités et les défauts des hommes, et les zibelines et les loques qui couvraient les uns ou les autres. Cela dans le passé. Quant au présent, il n'y faisait même pas allusion, comme s'il savait parfaitement que nous la connaissions bien à fond, cette révoltante injustice de notre aujourd'hui. Mais la toile d'araignée était tissée. Sur ces barres d'acier, emmêlées et incassables, sur lesquelles il nous était impossible de ne pas marcher à la suite de Bourkevitz, nous arrivions à l'inébranlable conviction que, comme autrefois au temps de la traction hippomobile, maintenant, au temps des locomotives, il était plus facile de vivre pour un homme bête que pour un homme intelligent, pour un être rusé que pour un être honnête, que le cruel avait plus d'agréments que le faible, que l'autoritaire était plus gratifié que le doux, que le menteur était plus rassasié que le vertueux, que le jouisseur avait plus de plaisirs que le continent. Que cela a été et sera ainsi éternellement, tant que l'homme vivra sur terre.

La classe retenait son souffle. Dans la salle, il y avait presque trente personnes, mais j'entendais nettement dans la poche du voisin tictaquer la montre dont le port était interdit par le règlement. Le professeur d'histoire, du haut de sa chaire, fronçait ses sourcils roux vers le journal de classe, grimaçant de temps en temps et grattant sa barbiche de ses cinq doigts comme s'il voulait dire : « En voilà un numéro. »

Bourkevitz terminait son récit avec le rappel du mal qui, se développant pendant de longs siècles, s'emparait peu à peu de la société humaine et qui, enfin, maintenant, à notre époque de perfectionnements techniques, avait, partout, contaminé l'homme. Ce mal, c'était la platitude. La platitude qui réside dans la tendance de l'homme à considérer avec mépris tout ce qu'il ne comprend pas, et dont l'étendue s'amplifie à mesure qu'augmentent l'inutilité et la médiocrité des objets, des choses et des faits qui, en cet homme, provoquent l'admiration.

Et nous comprenions. C'était une pierre adroitement lancée dans la gueule de Stein qui, juste à ce moment-là, sachant que tous les regards étaient maintenant fixés sur lui, cherchait obstinément quelque chose dans son pupitre.

Mais, tout en sachant sur qui cette pierre était lancée, nous comprenions aussi autre chose : l'injustice, établie depuis des siècles à laquelle Bourkevitz faisait allusion et qui semblait désespérante, ne le plongeait ni dans l'abattement, ni dans la fureur, mais lui servait pour ainsi dire de combustible, une substance préparée exprès pour lui, qui coulait au fond de lui-même, sans explosion destructive, mais brûlait en lui d'un feu régulier, calme et puissant.

Nous regardions ses pieds dans leurs chaussures éculées et sales, son pantalon râpé avec, aux genoux, des poches disgracieuses, ses pommettes coulées en boules de billard, ses minuscules yeux gris et son front osseux sous des mèches chocolat, et nous percevions, nous sentions en lui, d'une façon aiguë et irrésistible, fermenter, pousser en avant la terrible force russe qui ne connaît ni barrière, ni obstacle, ni barrage, une puissance d'acier, solitaire et morose.

VI.

Cette compétition entre Bourkevitz, Stein et Eisenberg, cette lutte dans laquelle la supériorité de Bourkevitz était absolument perçue par tous, prit fin aussitôt que l'opinion unanime de la classe se fut exprimée à voix haute.

Ceci arriva d'une façon tout à fait fortuite. Un jour du début dc novembre, le matin, alors que chacun à son banc attendait le professeur d'histoire, un élève de terminale entra avec tant de résolution que toute la classe le prit pour le professeur et se mit debout. On entendit des jurons très alambiqués et, de surcroît, tellement unanimes que cet élève, montant insolemment en chaire, dit, en levant les bras : « Excusez-moi, messieurs, mais je me demande dans quel endroit j'arrive : est-ce une cellule de droits communs, où un camarade est pris pour le directeur de la prison, ou une classe de sixième dans un lycée classique de Moscou ? Messieurs, reprit-il avec le plus grand sérieux, je vous demande une minute d'attention. Ce matin, monsieur le Ministre de l'Instruction publique est arrivé à Moscou, et il y a des raisons de supposer que demain, au cours de la journée, il nous rendra visite. Je pense qu'il est inutile de vous dire — vous le savez très bien — quelle signification aura pour notre lycée l'impression que monsieur le Ministre emportera de ces murs. Il est également évident que la direction du lycée, estimant qu'il ne lui est pas possible de se concerter avec nous dans le sens d'une préparation quelconque à cette visite, verrait cependant d'un bon œil que quelque chose fût entrepris par nous-mêmes. Messieurs, je vous demande maintenant de me nommer votre meilleur élève, lequel ce soir devra assister à une petite réunion. En tant que votre délégué, il vous fera connaître demain la décision prise, et chacun de ceux qui désirent maintenir la réputation de notre glorieux lycée devra obéir inconditionnellement. »

Ayant dit, il approcha un carnet ouvert de ses yeux sans doute très myopes, et, pointant le crayon vers le papier et, clignant les yeux comme on fait dans l'attente d'un bruit, ajouta : « Quel est le nom? »

La classe, dans un fracas de voix tel que des centaines de méchantes mouches bourdonnèrent dans les carreaux, hurla : « Bour-ke-vitz... » Et même, derrière, quelqu'un ajouta d'une voix chaude : « Avance, Vaska » bien qu'il n'y eût pas où avancer et que cela ne fût nullement nécessaire. Le lycéen nota, remercia, et sortit rapidement. La partie était perdue. La lutte était terminée. Bourkevitz avait gagné.

Et, comme s'il savait que la compétition avait pris fin (bien que ce fût peut-être pour d'autres raisons), le professeur d'histoire qui était entré en classe et s'installait en chaire en traînant rageusement les pieds, appela aussitôt Bourkevitz et, l'invitant à réciter la leçon, ajouta : « Je vous de-man-de-rai de rester dans les limites du ppprogramme. » Et Bourkevitz comprit. Il commença à réciter la leçon en cours, il la récita dans l'esprit du programme du lycée, dans l'esprit de l'honneur intact de notre glorieux lycée, dans l'esprit de monsieur le Ministre de l'Instruction publique qui, ce matin même, était arrivé à Moscou.

« Si la morve n'avait pas fait de moi un homme, je serais devenu un morveux et non un homme », me disait Bourkevitz pendant les examens de sortie, après que le scandale survenu avec le prêtre du lycée nous eut un peu rapprochés. Mais c'était déjà pendant nos journées d'adieu au lycée; jusques alors Bourkevitz ne s'adressait ni à moi ni à quiconque en général, continuant à nous considérer comme des étrangers, et pendant tout ce temps, hors les nécessités imposées par le lycée, il n'avait dit que quelques mots à Stein, dans les circonstances suivantes.

Un jour, pendant la grande récréation, la foule des lycéens entourait Stein et parlait de meurtres rituels; quelqu'un, avec un sourire féroce, demanda si lui, Stein, croyait à leur pratique. Stein souriait aussi, mais quand je vis ce sourire, mon cœur se serra pour lui. « Nous les Juifs, dit-il, n'aimons pas faire couler le sang humain. Nous préférons le sucer. Que voulez-vous, il faut être européen. » A ce moment, Bourkevitz, qui se trouvait là, s'adressa à Stein pour la première fois d'une façon que personne n'avait prévue. « Il me semble, monsieur Stein, dit-il, que vous avez peur de l'antisémitisme ? Eh bien, vous avez tort. L'antisémitisme n'est pas du tout effrayant, il est seulement répugnant, pitoyable et bête : répugnant parce qu'il est dirigé contre le sang et non contre la personne; pitoyable parce qu'il est envieux alors qu'il voudrait être méprisant; bête parce qu'il consolide davantage ce qu'il a pour but de détruire. Les Juifs ne seront plus juifs seulement quand cela sera devenu déshonorant sur le plan moral. Et il sera déshonorant d'être juif sur le plan moral quand ces messieurs les chrétiens deviendront enfin de vrais chrétiens, autrement dit des hommes qui consciemment se restreignent afin d'améliorer les conditions de vie de chacun des autres et tirent de ces restrictions du plaisir et de la joie. Mais ce n'est pas encore arrivé, et il se trouve que deux mille ans n'y ont pas suffi. C'est pourquoi, monsieur Stein, vous avez tort de parler et de vous efforcer d'acheter une dignité douteuse en humiliant devant ces porcs le peuple auquel vous-même avez l'honneur, entendez bien, auquel vous avez l'honneur d'appartenir. Et ayez donc honte que moi, un Russe, vous le dise, à vous, un Juif. »

Je demeurai silencieux, comme tout le monde. Et il me semblait que, comme les autres, j'éprouvais pour la première fois, pour la première fois de ma vie, une fierté aiguë et délicieuse de ma conscience d'être russe et d'avoir parmi nous ne serait-ce qu'un seul être comme Bourkevitz. Pourquoi et d'où me venait cette fierté — je ne le savais pas très bien. Je savais seulement que Bourkevitz avait dit quelques mots et qu'avant de comprendre le sens de ces mots j'avais déjà perçu dans ses paroles une espèce de particularité chevaleresque, cet esprit chevaleresque d'autohumiliation pour la défense d'un faible et infortuné allogène, cet esprit chevaleresque si caractéristique de l'homme russe dans les problèmes nationaux. Et parce que personne d'entre nous n'injuria Bourkevitz, parce que la foule qui entourait Stein se dispersa rapidement, comme si elle ne voulait pas prendre part à une affaire indigne d'elle, et que certains disaient « C'est vrai, Vaska, c'est juste, Vaska, bravo », j'eus l'impression que les autres éprouvaient exactement la même chose que moi, et qu'ils approuvaient Bourkevitz pour ce digne sentiment de fierté nationale qu'il leur avait procuré par ses paroles. Mais Stein lui-même n'éprouvait pas et, bien entendu, ne pouvait pas éprouver ces sentiments. Se détournant brusquement avec un sourire rageur, il s'en alla vers Eisenberg et, passant ses énormes doigts blancs sous le ceinturon d'Eisenberg et l'attirant ainsi vers lui, lui parla à voix basse.

Dans les premiers instants qui suivirent j'éprouvai envers Stein une espèce de trouble antipathie. Cependant cette antipathie disparut très vite : je compris que le jour où ma mère était venue au lycée pendant la récréation avec l'enveloppe, j'avais agi exactement comme Stein, je l'avais reniée, estimant de cette façon sauver ma dignité — et si, à ce moment, le même Bourkevitz s'était approché de nous et m'avait dit qu'il ne convenait pas à un fils d'avoir honte de sa mère et de la renier simplement parce qu'elle était vieille, laide et loqueteuse — mais qu'un fils devait aimer et respecter sa mère et l'aimer et la respecter d'autant plus qu'elle était plus vieille, plus décrépite et plus loqueteuse — si quelque chose de semblable était arrivé à ce moment, il était fort probable que ceux des lycéens qui m'avaient interrogé au sujet du pitre en jupons auraient été d'accord avec Bourkevitz, et peut-être auraient fait chorus avec lui — mais moi, moi j'aurais éprouvé pendant ce moment honteux non pas de l'amour pour ma propre mère, imposé par un étranger, mais plutôt de l'hostilité envers cet homme qui se mêle de ce qui ne le regarde pas.

Aussi, mû par cette analogie de sentiments, je m'approchai de Stein et, le prenant par la taille, j'allai avec lui marcher le long du couloir.

VII.

Quinze jours avant le début des examens de sortie, au mois d'avril, alors que la guerre avec l'Allemagne battait son plein depuis déjà plus d'un an et demi, tous les lycéens qui me touchaient de près et moi-même avions décidément perdu pour elle tout intérêt.

Je me rappelais encore très bien que durant les premiers jours qui suivirent la déclaration de guerre j'étais très ému, que cette émotion était extrêmement agréable, crâne, et peut-être même joyeuse. Toute la journée je marchais dans les rues, inséparablement uni — comme aux jours de Pâques — à une foule oisive, et en même temps que cette foule je criais beaucoup et insultais très fort les Allemands. Je les insultais non parce que je les haïssais, mais seulement parce que mes injures et mes insultes ne faisaient qu'accentuer cet agréable sentiment de communion profonde avec la foule environnante. Si, dans ces moments, on m'avait montré un levier et, en m'invitant à le manœuvrer, on m'avait dit que l'action de ce levier suffirait à faire exploser l'Allemagne, à faire des estropiés, que si ce levier pivotait il ne resterait plus un seul Allemand vivant, je l'aurais manœuvré sans hésiter et avec plaisir, puis je serais allé faire des saluts. Tellement j'étais sûr que, si cela était réalisable et réalisé, cette foule aurait jubilé frénétiquement et sauvagement.

Il est probable que c'était justement ce contact spirituel, cette doucereuse communion avec une telle foule qui avait empêché mon imagination de se déchaîner comme quelques jours plus tard lorsque, couché sur mon divan dans l'obscurité de ma petite chambre, je m'imaginais sur un échafaud, au milieu d'une grande place pleine de monde; on m'amenait un petit garçon allemand tout blanc que je devais exécuter. « Frappe-le », me disait-on non, on me l'ordonnait. « Frappe-le sur la caboche, frappe — ta vie, la vie de tes proches, le bonheur, l'épanouissement de ta patrie en dépendent. Si tu ne le tues pas, tu seras cruellement puni. » Et moi, après avoir regardé la tempe blonde de ce petit garçon allemand et ses yeux clairs et suppliants, je jetais la hache au loin et je disais : « Comme vous voudrez, moi je refuse. » Et, entendant ma réponse, ce refus du sacrifié, la foule frappait dans les mains avec une jubilation sauvage. Tel était mon rêve quelques jours plus tard.

Mais de même que dans mon premier fantasme où, par le seul maniement du levier détruisant 60 millions de personnes j'étais mû non point par l'hostilité envers ces gens, mais seulement par le succès escompté, de même dans mon refus de tuer ce petit garçon placé debout devant mes yeux j'étais mû moins par l'horreur de faire couler le sang d'autrui, moins par le respect de la vie humaine, que par le désir d'ajouter à ma personnalité un aspect d'autant plus sublime que le prix du refus était grand.

Un mois plus tard, j'avais déjà perdu toute mon ardeur pour la guerre, et lorsque, avec une admiration réchauffée, je lisais dans les journaux que les Russes, quelque part, avaient battu les Allemands, j'ajoutais : « Bien fait pour eux, les salauds, ils n'avaient qu'à ne pas fourrer leur nez en Russie ! » Et un mois plus tard encore, en lisant quelque chose au sujet d'une victoire des Allemands sur les Russes, je disais de la même façon : « Bien fait pour eux, les salauds, ils n'avaient qu'à ne pas se frotter aux Allemands ! » Et un mois plus tard encore, un clou apparu tout à coup sur mon nez me faisait enrager, m'inquiétait et m'occupait sinon plus, du moins bien plus sincèrement que la guerre mondiale.

Dans tous ces mots — guerre, victoire, défaite, tués, prisonniers, blessés —, dans tous ces mots angoissants qui, aux premiers jours de la guerre, étaient palpitants, vivants — comme des carassins qu'on tient au creux des mains —, dans tous ces mots le sang avec lequel ils étaient écrits était, pour moi, devenu sec, et, ayant séché, n'était plus que de l'encre d'imprimerie. Ces mots étaient devenus comme une ampoule morte : l'interrupteur claquait, mais la lumière ne jaillissait pas — les mots étaient prononcés, mais l'image ne surgissait pas. Je ne pouvais plus du tout comprendre que la guerre pût sincèrement émouvoir les gens qu'elle ne touchait pas directement, et, étant donné que depuis trois ans déjà Bourkevitz n'avait plus aucune relation ni avec moi ni avec qui que ce soit de notre classe, nous ne pouvions bien entendu connaître ses opinions sur la guerre, tout en étant sûrs, cependant, que cette opinion ne pouvait en aucune façon différer de la nôtre. Le fait qu'il n'avait pas assisté à la prière pour la victoire n'avait pas, en général, été remarqué, et on ne s'en souvint qu'après l'altercation racontée plus loin; quant à ses constantes absences aux cours de préparation militaire introduits au lycée depuis quelques mois déjà, elles étaient expliquées soit par des raisons de santé, soit par sa volonté de ne rien céder de sa suprématie, ne serait-ce que physique, au médiocre Takadjief qui s'était révélé un gars remarquablement fort et adroit. En assistant à cette altercation épouvantable, je ne savais même pas, dans mon ignorance, que les paroles prononcées par Bourkevitz n'étaient que le tonnerre de cet éclair qui, depuis plusieurs dizaines d'années déjà, s'était élancé du « nid de gentilhomme » de Yasnaya Poliana.

VIII.

Dans notre classe terminale, il y avait une heure libre. Le professeur de littérature était tombé malade et les élèves, s'efforçant de ne pas faire de bruit pour ne pas déranger les cours de la 6e et de la 7e dont les portes donnaient sur la même section, erraient doucement dans le couloir. La direction n'était pas présente, le surveillant de notre classe, comptant sur nous qu'il qualifiait maintenant d'« étudiants moins le quart », s'était retiré dans la salle des professeurs à l'étage en dessous. La plupart d'entre nous étaient excités — les examens de sortie allaient commencer dans une dizaine de jours : c'était la dernière étape au lycée.

Près d'une grande fenêtre à trois vantaux, tout à côté de la porte, un petit cercle de lycéens s'était réuni autour de Yag, lequel racontait quelque chose à voix basse, mais avec fougue. Quelqu'un, en répliquant, lui coupa la parole, et Yag, visiblement exaspéré, oubliant l'obligation de parler bas, jura de façon obscène, criant très fort.

A ce moment, la plupart avaient déjà vu de quoi il retournait, et tout le groupe se mit à se reconstruire, le cercle faisant face à Yag devenant un demi-cercle face au prêtre du lycée. Personne, cependant, ne savait quand et comment celui-ci avait franchi la porte.

« N'avez-vous pas honte, mes enfants ? dit-il, après avoir attendu que tous aient remarqué sa présence, et s'adressant non pas à quelqu'un en particulier, mais à tout le monde, de sa vieille voix réprobatrice et légèrement doucereuse. Pensez, continua-t-il, que dans quelques années vous entrerez, citoyens pleinement responsables, dans la vie publique de notre grande Russie. Pensez que ces mots humiliants que j'ai eu le malheur d'entendre ici sont horribles par leur sens. Pensez que si le sens d'un tel juron n'arrive même pas à votre conscience, cela ne vous excuse pas, mais vous accable davantage, parce que cela prouve que ces horribles paroles sont employées par vous à toute heure, à tout instant, que ces paroles, cessant d'être des jurons, sont devenues un support imaginé de votre langage. Songez que vous avez le bonheur d'étudier la musique de Pouchkine et de Lermontov, et que c'est cette musique-là qu'attend de vous notre malheureuse Russie — celle-là et aucune autre. »

Au fur et à mesure qu'il parlait, les yeux des lycéens qui se trouvaient devant lui devenaient en quelque sorte obtus, impénétrables; on aurait pu croire que de ces yeux toute expression était absente, si l'on ne savait pas que cette absence d'expression devait justement signifier qu'eux n'avaient pas juré et que tous ces reproches ne les concernaient pas. Mais en même temps que les yeux et les visages de ce groupe devenaient de plus en plus indifférents et ennuyés — les petits yeux de Bourkevitz, qui à ce moment seulement s'était doucement approché, devenaient de plus en plus vifs et espiègles, ses lèvres s'étiraient finement en un sourire méchant, et les paroles du prêtre, comme des aiguilles jetées dans le demi-cercle de ces visages et de ces yeux de pierre, allaient.

indépendamment de la volonté de celui qui les jetait, s'entrelacer et se coller au point aimanté du sourire de Bourkevitz. On aurait dit que c'était Bourkevitz qui avait juré, et que les dernières paroles, relatives à Pouchkine et à Lermontov, ne concernaient plus que lui.

— Vous, mon père, objecta Bourkevitz d'une voix basse et effrayante, semblez ne connaître MM. Pouchkine et Lermontov que d'après les morceaux choisis officiels, et considérer qu'il est inutile d'en avoir une connaissance plus approfondie dans la mesure où elle s'oppose à votre opinion.

— Oui, répondit le prêtre d'une voix ferme, pour vous, je trouve inutile une connaissance plus approfondie de ces écrivains, de même que je coupe les épines d'une rose avant d'en faire cadeau à un enfant. Voilà. Et maintenant, permettez-moi de vous rappeler encore une fois, à tous, que les paroles injurieuses que j'ai entendues ici sont inadmissibles et indignes d'un chrétien.

Il avait prononcé ces dernières paroles brusquement, tout en rajustant de sa vieille main légèrement tremblante la croix sur sa soutane violette.

Pourquoi donc reste-t-il là, pourquoi ne s'en va-t-il pas, pensai-je, puis je regardai Bourkevitz et compris. Son visage semblait soudain amaigri, il était devenu gris et agité de tics, ses yeux visaient tout droit la figure du prêtre avec une haine aiguë. Il va le frapper, pensai-je. Bourkevitz jeta convulsivement les bras en arrière, comme s'il attrapait quelqu'un dans son dos, fit un pas en avant et parla avec une sonorité inattendue, décidée.

— Les paroles injurieuses, comme vous avez bien voulu le remarquer, ne sont pas dignes d'un chrétien. Et alors? Personne ne le conteste. Mais puisque vous, serviteur de Dieu, avez entrepris de nous mettre sur le chemin de la vérité, alors excusez-moi si je vous pose une question : où, quand, en quoi et comment avez-vous fait preuve, vous-même, de ces dignités chrétiennes qui nous sont inconnues et que vous avez décidé de nous inculquer ? A ce propos, où étiez-vous, vous et vos dignités chrétiennes, lorsque, il y a dix mois, des foules sanguinaires avec leurs chiffons multicolores fonçaient dans les rues de Moscou, des foules de soi-disant êtres humains qui, par leur stupidité et leur férocité, ne sont pas dignes de comparaison avec un troupeau de bêtes sauvages — où étiez-vous, serviteur de Dieu, en cette journée pour nous horrible? Pourquoi, combattant de la chrétienté, ne nous avez-vous pas réunis, nous, enfants comme vous nous appelez, ici, entre ces murs, dans cette maison où vous avez pris l'audace de nous enseigner les commandements du Christ — où étiez-vous, je vous le demande, et pourquoi avez-vous gardé le silence au moment de la déclaration de guerre, le jour où la loi encourageant le fratricide a été promulguée et pourquoi prenez-vous tout à coup la parole à cause d'un juron prononcé ici ? Est-ce parce que le fratricide s'oppose moins, va moins à l'encontre de votre conception de la dignité chrétienne que le juron ? Je reconnais : jurer comme on jure ici est inadmissible pour un chrétien et vous avez raison, raison de protester. Mais où étiez-vous donc, serviteur du Christ, où étiez-vous pendant ces dix mois, alors que chaque jour et à chaque instant on arrachait et on arrache en usant de violence des pères à leurs enfants, leurs garçons à des mères — pour les envoyer, en usant de violence, au feu, au meurtre, à la mort — où étiez-vous tout ce temps-là et pourquoi, dans vos prêches, n'avez-vous pas protesté contre tous ces crimes, ne serait-ce que de la façon dont vous l'avez fait à l'occasion d'un juron entendu ? Pourquoi ? Pourquoi ? Ne serait-ce parce que toutes ces horreurs-là non plus ne vont nullement à l'encontre de la dignité chrétienne ? Pourquoi vous, digne gardien de la chrétienté, avez-vous trouvé en vous assez d'impudence pour sourire et hocher la tête avec approbation lorsqu'un jour, passant par la cour du lycée, vous avez vu qu'on apprenait quotidiennement à nous vos enfants le maniement des armes, qu'on nous apprenait l'art de tuer ? A quoi souriiez-vous alors, approbateur, et pourquoi vous taisiez-vous ? Est-ce parce que apprendre aux enfants le maniement des armes ne répugne pas non plus à votre dignité de chrétien ? Et comment avez-vous osé, sous le couvert du nom du Christ, dédaigner sciemment les commandements de Celui dont vous voudriez que le nom lumineux justifie votre pitoyable existence, comment avez-vous osé prier, entendez-vous, prier pour qu'un frère soit vaincu par un frère, pour qu'un frère opprime un frère, pour qu'un frère tue un ennemi ? De quel ennemi parlez-vous maintenant ? Ne serait-ce pas celui dont, il y a un an, vous annonciez d'une petite voix onctueuse qu'on devait l'aimer et lui pardonner ? Ou bien peut-être cette prière pour la conquête, pour la violence, le meurtre et la destruction d'un homme par un autre ne contredit pas davantage votre notion de la dignité chrétienne ? Reprenez-vous donc, pitoyable fonctionnaire de l'Église, abruti et engraissé par la pitance du peuple, reprenez-vous, et ne voyez pas d'excuses dans le fait que vos confrères coreligionnaires risquent leur vie là-bas, sur le champ d'horreur, donnant la communion aux mourants et apaisant ceux qui perdent leur sang. Ne vous justifiez pas ainsi, car, tout comme vous, eux savent trop bien que votre mission, votre devoir de chrétien est d'apaiser non pas les malades qui perdent déjà leur sang, mais ceux qui sont en bonne santé et qui s'en vont seulement pour tuer. Alors, ne vous assimilez pas au médecin qui soigne les chancres syphilitiques avec une crème de beauté et ne cherchez pas à vous justifier en prétendant que vous favorisez cette effrayante chose par dévouement au monarque ou au gouvernement, ou bien par amour pour la patrie ou les armes russes, ainsi nommées. Ne cherchez pas à vous justifier, car vous savez que votre monarque, c'est le Christ; votre patrie, la conscience; votre gouvernement, les Évangiles; et votre arme, l'amour. Alors, resaisissez-vous, et agissez. Agissez, parce que chaque instant compte, parce que à chaque minute les gens tirent, les gens tuent, les gens tombent. Reprenez vos esprits et agissez, car ces gens, les mères et les pères, et les enfants, et les frères, tous, tous attendent de vous, justement de vous, que vous — serviteurs du Christ — sacrifiant hardiment vos vies interveniez au milieu de ce déshonneur et, vous interposant entre ces fous, leur criiez fort — fort parce que vous êtes beaucoup, vous êtes tant que vous pourriez crier dans le monde entier : « Hommes, arrêtez-vous, hommes, cessez de tuer ! » Voilà, voilà, voilà où est votre devoir.

En regardant Bourkevitz qui agitait étrangement le bras, la tête renversée, affreusement tremblant, qui nous dépassa en titubant et sortit par la porte dans l'escalier, je n'eus qu'une pensée : « Tu es fichu, oh là, t'es bel et bien fichu, pauvre Vaska. »

Et ce n'est qu'un instant après, en me retournant dans la direction opposée, que je vis la soutane violette disparaître et frôler l'encadrement de la porte avec une élégance sinueuse.

Au même instant, quand tous se précipitèrent les uns vers les autres en gesticulant et en parlant avec émotion, quelque part en bas naquit un grondement sourd qui s'enfla d'une façon menaçante — comme si une masse d'eau de mer avait fait irruption dans la maison —, et qui monta, et qui faisait trembler les carreaux, les murs, le plancher, et dans notre couloir aussi ce grondement éclata enfin en un fracas assourdissant à travers les portes grandes ouvertes de la 6e et de la 7e. Les cours étaient terminés.

IX.

Pour ne pas communiquer les détails de cet incident exceptionnel aux élèves des autres classes qui, à ce moment, remplissaient le couloir, nous rentrâmes tous dans notre salle de classe.

« Mais c'est un idiot, un idiot intégral ! » disait Stein, posant sur l'épaule de Yag sa main blanche qui, sur le drap noir, ressemblait à une éclaboussure de crème fraîche.

« Non, Stein, mon pote, ne te mêle pas de ça. (Yag s'écarta de lui.) Tu es, comme on dit, européen; or là, mon pote, c'est une affaire asiatique. Comprends donc : l'interprétation du talmud n'est pas concernée, c'est pourquoi il ne te convient pas de te tracasser. » Et, ayant attendu que Stein, offensé, se retirât vers son banc, Yag s'adressa à mi-voix au groupe excité rassemblé près de la fenêtre. « Mais c'est qu'il y a de quoi en être éberlué, dit Yag, à quel point nos petits Juifs adorent le clergé. Faut pas toucher à un pope, Dieu nous en garde, tous les youpins se révolteraient. »

« Une t-t-t-elle caincitance »... Takadjief hochait la tête, mais personne ne rit. Le groupe échangeait ardemment des opinions. Cependant on ne laissait personne s'exprimer complètement, on coupait la parole avec fougue, contestant et réfutant. Les uns disaient que Bourkevitz avait raison, que personne n'avait besoin de guerre, qu'elle était funeste et ne faisait qu'avantager les généraux et les intendants. Les autres disaient que la guerre était une affaire glorieuse, et que sans guerres il n'y aurait pas eu de Russie, que les sensibleries n'étaient pas de mise et qu'il fallait se battre. Les troisièmes disaient que, bien que la guerre fût une chose atroce, cependant dans le moment présent on y était contraint, que si un chirurgien, au cours d'une opération, se sent déçu par la médecine, cela ne lui donne pas le droit de s'en aller et d'abandonner le malade sans avoir terminé l'opération. Les quatrièmes disaient que tout cela était une folie complète, et qu'il était peu probable que dans les lycées berlinois le clergé écoutât des discours semblables à celui de Bourkevitz. Les cinquièmes disaient que, bien que la guerre nous fût imposée et que le titre de grande nation ne permît pas d'envisager la paix, cependant l'idée de Bourkevitz était juste, et le clergé du monde entier, partant des principes universels de la chrétienté, même sans compter avec les risques de sanctions prévues par les lois militaires, devrait protester et lutter contre la poursuite de la guerre. Yag rejetait cette dernière opinion.

« Eh, mes petits gars, disait-il, de quels principes chrétiens parlez-vous ? Si Bourkevitz tient tellement à ces principes chrétiens, alors pourquoi, permettez-moi de vous poser la question, n'a t-il pas échangé un seul petit mot avec nous pendant trois ans ? Trois ans, pensez donc ! Et quel mal lui avons-nous fait, quand on a ri ? En voyant une morve pareille, les chevaux eux-mêmes auraient rigolé. Mais une morve pareille, Dieu me pardonne, de toute ma vie je n'en ai vu. Alors pourquoi lui, ce grand chrétien — que sa mère... –, nous regarde comme un loup depuis trois ans, et pendant tout ce temps s'apprête à mordre ?

No-on, mes chers, c'est une autre affaire. La guerre, on peut dire, il en a besoin comme de l'oxygène. Ce n'est pas le christianisme qu'il lui faut, c'est sa violation — parce que lui, cette saloperie, c'est la rébellion qu'il projette. Voilà ce que c'est. »

Je me tenais à l'écart et j'en délibérais tout seul : comment a-t-il pu se faire que Bourkevitz, le meilleur élève, l'orgueil du lycée, titulaire certain de la médaille d'or — comment a-t-il pu se faire que ce Bourkevitz fût perdu ? Qu'il fût perdu était évident, parce qu'en bas, aujourd'hui même, peut-être déjà en ce moment, on convoquait le Conseil pédagogique, lequel, bien entendu, à l'unanimité le jettera dehors avec un passeport de loup[1]. Alors, adieu l'université ! Et comme ce doit être vexant pour lui, surtout quand tout cela se passe dix jours avant les examens de sortie (j'ai toujours senti que l'homme éprouve son désespoir d'une façon d'autant plus aiguë que l'objectif final qui lui glisse des mains est plus proche, alors qu'en même temps je comprenais parfaitement que la proximité du but ne signifie absolument pas qu'il puisse être atteint plus sûrement qu'à partir de n'importe quel autre moment beaucoup plus éloigné. C'est là que le sentiment commençait en moi à se séparer de la raison, l'expérience de la théorie, c'est là que la première coexistait, d'égale à égale, avec la seconde, et que les deux — la raison et le sentiment — étaient incapables de faire la paix en fusionnant, ni l'un de vaincre l'autre après avoir lutté).

Mais comment pareille chose avait-elle pu arriver à Bourkevitz ? Et qu'est-ce que c'était : calcul prémédité ou instant de démence ? Je me rappelais le sourire

1. Livret interdisant l'admission dans tous les établissements d'enseignement.

provocateur de Bourkevitz qui attira sur lui les paroles du père et j'en déduisais : calcul prémédité. Je me remémorais la tête tremblante de Bourkevitz et sa démarche ivre, et je concluais plutôt : instant de démence.

J'étais très tenté de le rejoindre, et cette attirance était finement tissée de trois sentiments : d'abord l'envie cruelle de jeter un regard sur celui à qui un grand malheur vient d'arriver; ensuite la crânerie, à cause du caractère isolé de mon acte, car personne, dans la classe, ne songeait même à aller vers celui qui était déjà considéré comme pestiféré; enfin un sentiment qui donnait du muscle aux deux autres : la certitude que m'approcher de Bourkevitz et même lui parler ne pouvait m'attirer aucun ennui de la part de la direction. A la pendule, il restait deux minutes avant la fin de la récréation. Quittant la classe, je me frayai un passage dans le couloir plein d'informes bruits de pieds, de résonances de voix et de cris, et sortis sur le palier de l'escalier. Ayant, derrière moi, refermé la porte, ce qui fit que, abusant l'oreille, les cris et les piétinements s'apaisèrent et ne revinrent qu'un instant après sous forme d'une rumeur épaisse et assourdie, je regardai tout autour.

Un étage en dessous, près de la porte du cachot qui ne servait plus depuis une dizaine d'années et sur laquelle pendait un cadenas rouillé et roux, Bourkevitz était assis. Il était assis sur les marches, me tournant le dos. Il était assis tout de travers, les coudes sur les genoux, la tête affalée au creux de ses mains. Très doucement, sur la pointe des pieds, et très lentement, en regardant toujours son dos, je me mis à descendre les marches dans sa direction. Sur son dos tout bossu, les omoplates dessinaient deux pointes sous le drap bien tendu, et ce dos tordu et ces omoplates saillantes criaient l'impuissance, et la résignation, et le désespoir. L'approchant tout doucement par-derrière, toujours pour qu'il ne me vît pas, je posai la main sur son épaule. Il ne sursauta pas et ne découvrit pas son visage. Seul son dos se courba davantage. En regardant toujours son dos, je déplaçai ma main avec précaution de son épaule à ses cheveux. Mais à peine eus-je le temps d'effleurer ses cheveux tièdes que je sentis bouger en moi quelque chose qui m'aurait rempli de honte si quelqu'un l'avait vu. Regardant autour de moi de telle sorte que cela ne ressemblât même pas à un regard, et convaincu que l'escalier était désert, je passai doucement ma main sur ses mèches chocolat. C'était agréable. Je ressentis aussitôt quelque chose de si léger et de si tendre que, doucement, je passai encore une fois la main sur ses cheveux. Sans découvrir son visage et, donc, sans voir celui qui était près de lui et lui caressait les cheveux, Bourkevitz prononça tout à coup d'une voix sourde à travers les mains : « Vadim ? » La gorge cristalline, je descendis aussitôt et m'assis à côté de lui. Bourkevitz avait dit Vadim, il m'avait appelé par mon prénom, et qu'il l'eût fait sans voir qui était venu vers lui signifiait pour moi que, pour la première fois, j'avais été remarqué, non pour ma crânerie et ma dureté mais pour la compassion et la douceur de mon cœur. Mes doigts se serrèrent, saisirent les rudes mèches de cheveux, chaudes à la racine, et, tirant fort, et arrachant le visage de Bourkevitz à la coquille des mains, je tournai ce visage vers le mien, les yeux dans les yeux. Tout près je voyais maintenant devant moi ces petits yeux gris, étrangement transformés par la peau tirée vers la nuque où ma main tenait les cheveux. Pendant près d'une seconde, ces yeux me fixèrent avec leur souffrance morose et enfin, ne pouvant, visiblement, maîtriser les dures larmes d'homme, disparurent derrière les paupières, creusant un pli furieux entre les sourcils. Et aussitôt, dès que ces yeux se fermèrent, j'entendis une voix inconnue aboyer : « Vadim. — Toi. — Cher. — Le seul. Tu me crois. — Si dur. — Moi. — De toute. — Mon âme. Tu me crois. »

Sentant pour la première fois que de puissants bras d'homme m'étreignaient et serraient mon dos, et que, pour la première fois, je serrais ma joue contre une joue d'homme, je disais d'une voix rude : « Vassia... je suis... ton... » Je voulais ajouter « ami », mais si j'étais peut-être capable de dire « a », j'avais peur d'éclater en sanglots à « mi ». Alors, repoussant brutalement Bourkevitz, faisant osciller son visage qui avec ses yeux fermés, sa pâleur et son nez court ressemblait au masque en plâtre de Beethoven. reconnaissant dans un indifférent effroi cette chose terrible que je m'apprêtais aussitôt à faire, je m'élançai dans l'escalier. Je me précipitai dans l'escalier de même qu'on se lance à la recherche d'un médecin pour un ami mourant, non pas parce que le médecin peut le sauver, mais parce que dans ce mouvement, dans cette précipitation, la soif d'éprouver soi-même les souffrances dont la vue provoquait un sentiment absolument insupportable de pitié devait s'atténuer.

L'escalier est parcouru. Dans la salle de réfectoire du sous-sol le pied s'adapte au glissement sur le carrelage d'un blanc bleuté. La dernière fenêtre frôle les yeux de son morceau de soleil, et aussitôt c'est la sombre humidité du vestiaire — sur son sol d'asphalte les semelles se collent avec la fermeté d'une vis. Et de nouveau un escalier qui monte. Je connais déjà le début : « En tant que vrai chrétien, je porte à votre connaissance », après quoi ça n'a plus d'importance, ça ira comme sur des roulettes, sur des roulettes, sur des roulettes, en même temps j'enjambais les marches trois par trois, et en appuyant le pied j'ahanais — sur des roulettes.

Monter les marches trois par trois, surtout des marches aussi hautes que celles de notre lycée, obligeait à se coucher presque sur l'escalier, avec une très forte inclinaison de la tête. C'est pourquoi je ne m'étais pas aperçu que, depuis longtemps, sur le palier du haut, le directeur du lycée, Richard Sebastianovitch Keiman, avec ses yeux de serpent et sa redingote de deuil, me regardait et m'attendait. Ce n'est qu'à quelques marches de là que je vis, droit devant mes yeux, les piliers grandissants de ses jambes qui me rejetèrent, comme s'ils m'avaient mitraillé sans m'atteindre.

Pendant quelque temps, il me fixa, sans parler, de son visage framboise et de la pointe noire de sa barbe. « Qu-ce que vous avez ? » demanda-t-il enfin. Son « qu » méprisant et haineux à la place du « que », et pour lequel ses lèvres sortaient de sa moustache comme pour un baiser — était ce poussoir qui, durant huit années, stoppait les battements de nos cœurs.

Je me taisais piteusement.

« Qu-ce qu'il y a ? » répéta Keiman, et son baryton méprisant se transformait en ténor inquiet et troublé.

Mes bras et mes jambes tremblaient. J'avais dans l'estomac le glaçon bien connu. Je me taisais.

« Ja va savoir ça qua vas avez », cria Keiman d'une voix de fausset qui, pour tenir la note, changeait toutes les voyelles en « a ». Ses hurlements glapissants, résonnant contre les plafonds de pierre, s'en allaient, zigzaguant, vers le haut de l'escalier de marbre.

Mais alors que dans les intervalles des cris directoriaux je m'efforçais, sans succès, de réveiller en moi le sentiment de pitié envers Bourkevitz qui m'avait conduit là — sentiment à présent incompréhensible et tout à fait mort —, je sentais en même temps croître une fureur sauvage contre ce Keiman cramoisi qui hurlait contre moi. Et, percevant avec joie que cette fureur allait me donner la griserie nécessaire pour ne pas me couvrir de honte et pour exprimer ce que j'étais venu dire — je reconnaissais tout de même vaguement que, bien que les paroles fussent les mêmes, cependant, sous l'influence de la transformation de mes sentiments, la raison pour laquelle j'allais prononcer ces mêmes paroles avait changé : auparavant, je voulais me faire mal à moi-même, et maintenant c'était uniquement pour insulter Keiman et lui faire mal à lui. Et, par l'expression de mon visage et le son de ma voix donnant à chaque parole le sens d'une claque rageuse sur la gueule rouge du directeur, je dis : « En tant que vrai chrétien, et dans la mesure... » mais à ce moment, alors que j'étouffais déjà de hargne, je fus interrompu par le poids et la chaleur d'une main posée sur ma nuque. Détournant les yeux, je vis une poitrine violette sur laquelle le marteau de la croix en or se soulevait puis s'abaissait très fort.

« Excusez mon intrusion, Richard Sebastianovitch, dit le père, dont le vieux visage au nez camus se dédoublait et flottait parce que je le regardais en louchant. C'est moi qu'il venait voir. »

Cela dit, m'entourant les épaules d'un bras et après avoir penché vers moi son regard, il dirigea ses yeux vers le directeur et les plissa d'un air significatif. « Nous avons là une petite affaire qui n'est pas du tout du domaine du lycée. Il venait me voir. » Keiman, le directeur, se transforma tout à coup en jouisseur. « Mais je vous en prie, mon père, je ne le savais pas du tout. Je vous en prie, excusez-moi. » Et, ayant fait vers moi un large geste d'hospitalité comme l'hôte qui, sur scène, invite à s'approcher d'une table couverte de mets, Keiman nous tourna le dos et, déboutonnant sa redingote, les mains dans les poches, se balançant comme s'il allait vers une dame avec laquelle il allait valser, avança vers l'escalier de marbre et se mit à monter en se penchant péniblement.

Cependant, le père me tourna face à lui et, posant ses deux mains sur mes épaules, me lia à lui par ce mouvement comme avec des barres parallèles sur lesquelles, en drapeaux roulés, pendaient les larges manches de sa soutane. Maintenant, je tournais le dos à Keiman qui montait mais, observant les yeux du père dirigés de côté vers l'escalier, je voyais nettement qu'il attendait que Keiman eût fini de monter et disparu dans le tournant de l'escalier.

« Dites-moi — le père s'adressa à moi, reportant enfin son regard de l'escalier vers mes yeux —, dites-moi maintenant, mon garçon. Pourquoi vouliez-vous faire cela ? » Et au mot « cela », ses mains serrèrent légèrement mes épaules. Mais, déjà apaisé et en conséquence désemparé, je me taisais.

« Vous vous taisez, mon garçon. Eh bien, permettez-moi alors de répondre à votre place et de vous dire que vous n'avez pas pu accepter, pendant que votre ami se sacrifie, comme vous le croyez, pour la vérité du Christ, de rester sain et sauf, car la vérité vous est plus chère que le confort de votre existence. C'est cela, n'est-ce pas ? »

Bien qu'à ce moment j'eusse pensé que ce n'était pas du tout cela, et que cette supposition me donnât mauvaise conscience, cependant un mélange compliqué de politesse et de respect envers ce vieillard m'incita à confirmer ses paroles d'un hochement de tête.

« Mais puisque vous vous êtes décidé à cette démarche, continua-t-il, c'est que, sûrement, vous ne doutiez pas que la première chose que j'allais faire serait de me plaindre, de rapporter tout ce qui s'est passé là-haut. N'est-ce pas ainsi, mon garçon ? »

Bien que cette supposition correspondît beaucoup plus à la vérité que la précédente — cependant, le même mélange de politesse et de respect me retint de faire ce que la première question avait entraîné. Et je le regardai dans les yeux, dans l'expectative, sans confirmer la justesse de sa supposition par une expression du visage ou un hochement de tête.

« Dans ce cas, dit le père en me regardant de ses yeux agrandis d'une façon singulière, dans ce cas vous vous êtes trompé, mon garçon. C'est pourquoi allez retrouver votre ami et dites-lui qu'ici je suis prêtre (il me serra les épaules), mais que je ne suis pas délateur, non. » Et le père, comme si soudain il avait vieilli et était devenu décrépit, comme s'il avait perdu toute fermeté, ajouta d'une voix de plus en plus faible : « Et lui... que Dieu le juge pour avoir blessé un vieillard : c'est que j'ai un fils qui (tout à fait doucement, comme on dit un secret)... à cette guerre... (et déjà sans voix, de ses lèvres chuchotantes)... a été tué. »

Tout au début, quand le père avait commencé à me parler, cette proximité de son visage barbu à laquelle m'obligeaient les mains posées sur mes épaules m'était désagréable, j'avais tout le temps l'impression que ses mains m'attiraient. Maintenant, cependant, il me semblait que ces mains me repoussaient, alors que j'aurais tellement voulu me rapprocher de lui. Mais le père libéra tout à coup mes épaules et, détournant furieusement ses yeux remplis de larmes, alla rapidement le long du couloir en dépassant l'escalier.

Deux sentiments, deux envies étaient maintenant en moi : la première, me serrer contre le visage du père, l'embrasser et pleurer avec compassion; l'autre, courir vers Bourkevitz pour tout lui raconter et en rire cruellement. Ces deux désirs étaient comme le parfum et la puanteur : ils ne se détruisaient pas, ils se soulignaient l'un l'autre. Leur divergence consistait seulement en ce que l'envie de me serrer contre le visage du père faiblissait à mesure que celui-ci s'éloignait de moi le long du couloir — alors que le désir qui me tenaillait de raconter la joyeuse nouvelle et de jouer au héros devenait de plus en plus fort pendant que je montais l'escalier vers l'endroit où j'avais laissé Bourkevitz. Et bien que sachant parfaitement que cette hâte exaltée était superflue et nuirait beaucoup à ma dignité de héros — je ne pus tout de même me dominer et, m'étant à peine approché de Bourkevitz, lâchai tout en quelques mots. Mais Bourkevitz, visiblement, ne comprit pas et, dirigeant au-delà de moi un regard lointain et épuisé de souffrance, me demanda, comme par politesse, de répéter. Alors, d'une façon déjà plus calme et même très détaillée, je me mis à lui raconter comment les choses s'étaient passées. Et c'est là que, pendant que je racontais, il arriva à Bourkevitz exactement ce que j'avais constaté une fois en observant la partie de deux joueurs d'échecs. Pendant que l'un, penché sur l'échiquier, avait tramé quelque chose dans sa tête, l'autre, sans regarder l'échiquier et visiblement ému ou indigné, parlait, en gesticulant, aux gens assis a côté de lui. On l'interrompit en lui disant que l'adversaire avait joué, il se tut et se mit à regarder l'échiquier. D'abord, le reliquat des idées qu'il n'avait pas fini d'exposer scintilla encore dans ses yeux. Mais plus il regardait le jeu, plus son regard devenait tendu, et l'attention, comme l'eau sur un buvard, occupait de plus en plus ses traits. Sans quitter l'échiquier des yeux, il fronçait le front, se grattait la nuque, tantôt saisissait son nez, tantôt avançait le menton, levait des sourcils étonnés en se mordant la lèvre, se renfrognait. Son visage changeait, changeait, flottait, flottait quelque part; enfin il s'apaisa, mit un point à ses efforts et sourit d'un sourire de malicieuse approbation. Et bien que je ne connusse rien aux échecs, cependant, en regardant cet homme, je sus que par son sourire il rendait hommage à l'adversaire, et qu'au cours du jeu il s'était produit quelque chose d'inattendu qui, en fait, était un obstacle infranchissable, l'empêchant de gagner.

SONIA

I.

Les boulevards étaient comme les gens : semblables, sans doute, dans leur jeunesse, ils changeaient progressivement en fonction de ce qui fermentait en eux.

Il y avait des boulevards où des réseaux de longs bâtons rouges entrecroisés entouraient un étang bordé de taches si grasses qu'il faisait penser à de l'eau versée dans une casserole huileuse et sur la surface verte duquel les nuages, en vapeur de locomotive, voguaient, ridés si quelqu'un passait en barque, et où, tout près, dans une grande caisse basse, sans fond ni couvercle, pleine de sable roux, farfouillaient des enfants, alors que, assises sur des bancs, les nounous tricotaient des bas, les gouvernantes et les mères lisaient des livres, et qu'une petite brise faisait bouger sur leurs visages, sur leurs genoux et sur le sable les arabesques ombreuses des feuillages, comme des bandes de papier peint oscillantes.

Il y avait des boulevards bruyants, où jouait la musique militaire et où, dans les cuivres astiqués, un tramway qui passait flottait vers le ciel en lézard rouge; où, se promenant aux sons d'une marche guerrière, on était un peu gêné quand, malgré eux, les pieds tombaient dans le rythme comme dans un trou honteux; où il n'y avait pas assez de bancs et où, près du kiosque à musique, on disposait des chaises pliantes aux pieds métalliques verts et aux sièges en lames d'un jaune vif, dont les interstices laissaient sur les manteaux des plis en gradins et où, vers le soir, tandis que les trompettes chantaient à propos de Faust, les cloches d'une église proche se mettaient à dingdonguer aigu et serré, comme pour prévenir qu'un coup cuivré allait éclater en un tonnerre de velours, qui rendrait la valse des trompettistes insupportablement fausse.

Et il y avait des boulevards ennuyeux à première vue, alors qu'ils ne l'étaient pas. Là-bas, le sable gris comme de la poussière était tellement mélangé d'écales de graines de tournesol qu'on ne pouvait plus balayer celles-ci — là-bas, la pissotière en forme de rouleau surélevé et incomplètement ouvert larguait une odeur qu'on sentait de loin et qui piquait les yeux; là-bas, le soir, des vieilles femmes peinturlurées sortaient en loques, et de leur voix éraillée de gramophone bazardaient l'amour pour vingt kopeks; là-bas, dans la journée, sans prêter attention à l'affiche du cirque où une belle-fille en collants saute à travers un cerceau, des gens marchaient, des gens marchaient non pas en se promenant, mais vite, comme dans la rue — et si jamais quelqu'un s'asseyait sur un banc vide et poussiéreux ce n'était que pour se reposer avec son lourd fardeau, ou bien, ayant avalé quelque acide d'une fiole pharmaceutique, pour stopper la vie dès la douleur naissante et tomber aussitôt, en se tordant, sur le dos, à la renverse, de façon à revoir encore une fois, une dernière fois, au-dessus de soi, ce ciel liquide de Moscou.

C'était déjà l'été, les examens de sortie étaient terminés depuis longtemps, mais il devenait de plus en plus difficile de faire bouillonner en soi l'exaltation due au seul fait d'être enfin étudiant, et le désœuvrement pesait apparemment encore plus que les émotions dont il était la récompense. Ce n'est qu'une ou deux fois par semaine, quand il m'arrivait d'avoir quelques roubles — à peu près de quoi payer un fiacre et une chambre d'hôtel — que je sortais.

Ces quelques roubles qui, en l'espace d'un mois, pouvaient aller jusqu'à quarante, pesaient très lourd sur l'existence de ma mère. Depuis d'innombrables années elle portait toujours la même petite robe loqueteuse, continuellement ravaudée, malodorante, des chaussures aux talons éculés et complètement tordus, qui devaient probablement faire souffrir encore plus ses pieds enflés — mais l'argent, quand elle en avait, elle me le donnait joyeusement; quant à moi, je le prenais avec l'air d'un homme qui touche à la banque quelque menue monnaie, et dont la négligence condescendante témoigne de l'importance de son compte courant. Jamais nous ne sortions ensemble dans la rue. Je ne cachais même pas tellement que j'avais honte de ses vêtements déchirés (tout en dissimulant ma gêne devant sa vieillesse hideuse), elle le savait, et m'ayant rencontré une ou deux fois dans la rue, souriant de son bon sourire qui semblait m'excuser, regardait au-delà ou à côté pour ne pas m'obliger à la saluer ou à l'aborder.

Lorsqu'il m'arrivait d'avoir de l'argent, je sortais — mais toujours le soir, quand par-ci par-là les becs de gaz s'allumaient, un sur deux, et quand les magasins étaient fermés et les tramways vides. En pantalon étroit à sous-pieds, comme on n'en portait plus depuis longtemps, mais qui moulait trop bien la jambe pour que j'y renonce, avec une casquette aux bords avachis de la largeur d'un chapeau de femme, en uniforme de drap au col très haut, qui me faisait ressortir comme un double menton, poudré comme un clown et les yeux enduits de vaseline — ainsi allais-je le long des boulevards, accrochant du regard, comme avec une branche, les yeux de toutes les femmes qui venaient à l'encontre. Jamais je n'ai, comme on dit, déshabillé du regard aucune d'elles, comme je n'ai jamais ressenti de désir charnel. En cet état fiévreux dans lequel un autre que moi aurait, peut-être, écrit des poèmes, regardant intensément les yeux des femmes rencontrées, j'attendais toujours en réponse le même regard agrandi et effrayant. Je n'abordais jamais les femmes qui répondaient par un sourire, sachant que seule une prostituée ou une vierge pouvait répondre par un sourire à un regard tel que le mien. Dans ces heures vespérales, aucune nudité imaginée n'aurait pu dessécher autant et faire soudain trembler la gorge que ce regard féminin effrayant et méchant, qui laissait aller jusqu'au fond un regard cinglant de bourreau — un regard comme un contact d'organes sexuels. Et quand ce regard se présentait — il se présentait nécessairement, tôt ou tard —, je me retournais immédiatement, je rattrapais la femme qui m'avait regardé et, en l'abordant, je portais à ma visière noire une main gantée de blanc.

Il semblait, par le regard que cette femme et moi avions échangé, les yeux dans les yeux, comme si, une heure auparavant, nous avions ensemble tué un enfant — il semblait que par ce regard tout était dit, tout était compris, et qu'il n'y avait décidément plus rien à dire. Mais en réalité tout était beaucoup plus compliqué et, m'étant approché de cette femme et ayant prononcé une phrase dont le sens semblait toujours se situer dans le prolongement d'une conversation à peine interrompue, j'étais obligé de parler et de parler encore, afin que les paroles prononcées amplifient la cordialité de nos relations et la conduisent jusqu'à sa jonction avec la sensualité de notre premier regard signalisateur. Ainsi, dans l'obscurité du boulevard, nous allions côte à côte, hostiles et sur nos gardes, mais ayant tout de même besoin en quelque sorte l'un de l'autre, et je disais des mots dont la signification amoureuse semblait d'autant plus vraisemblable qu'elle était plus fausse. Et lorsque, enfin, mû par cette étrange conviction que la précaution avec laquelle on appuie sur la gâchette rend le coup moins assourdissant, je proposais — comme par hasard, entre autres choses – d'aller à l'hôtel et d'y passer une petite heure, rien que pour bavarder, bien sûr, et cela pour la simple raison que le temps, ce jour-là, était (suivant les circonstances) trop froid ou trop lourd, alors, je savais déjà, rien que par le refus (le refus suivait presque toujours) ou plutôt d'après le ton de ce refus — ému, indigné, calme, méprisant, craintif ou incertain —, je savais déjà si cela valait la peine, en la prenant par le bras, de la supplier encore, ou s'il fallait faire demi-tour et partir sans dire adieu.

Il arrivait quelquefois aussi que, tandis que je rattrapais une femme qui m'avait accroché et appelé de son terrible regard, une autre, dans la foule qui venait à ma rencontre, me jetât également un regard aussi ouvertement engageant. Frappé d'indécision et acculé à un choix rapide, je m'arrêtais alors, mais voyant que la deuxième s'était retournée je faisais demi-tour et la suivais, tout en me retournant sur la première qui s'en allait de plus en plus loin dans la direction opposée et, ayant soudain remarqué qu'elle aussi s'était retournée, comparais les deux sans avoir rattrapé la deuxième, me précipitais de nouveau dans l'autre sens derrière la première, souvent ne retrouvais pas celle qui avait eu le temps de s'éloigner. bousculais les passants qui retardaient ma recherche; et plus je m'agitais, plus je me démenais, plus je cherchais, plus j'étais persuadé que c'était elle, précisément elle, celle qui m'avait fait signe, s'était retournée et avait disparu dans cette foule maudite, qui représentait ce rêve et cette perfection que, comme tout rêve, je ne rattraperais et ne retrouverais plus jamais.

Une soirée qui débutait par un échec en annonçait toute une série. Après trois heures d'errance sur les boulevards, après une série de déconvenues — où un échec en conditionnait un autre, car avec chaque nouveau refus je perdais un peu plus de ma ruse fiévreuse et patiente et devenais grossier — me vengeant, par cette grossièreté, sur chaque nouvelle femme de tous les affronts infligés par les précédentes — fatigué, à bout de forces d'avoir marché, les chaussures blanches de poussière, la gorge que les vexations desséchaient, n'éprouvant non seulement plus de besoin sexuel, mais me sentant asexué comme jamais — je continuais cependant à errer sur les boulevards, comme si une obstination amère ayant pris le mors aux dents et une espèce de brûlante souffrance de celui qui est injustement rejeté me retenaient, m'empêchant de rentrer à la maison. Ce sentiment pénible m'était familier depuis l'enfance. Un jour, alors que j'étais encore un tout petit garçon, un nouvel élève entra dans notre classe préparatoire, un nouveau qui me plut beaucoup, mais avec qui je ne savais comment entrer en contact et me lier d'amitié, car je souffrais déjà de pudeur dans l'expression des sentiments. Et voilà qu'un jour, pendant l'heure du déjeuner, lorsque ce garçon déplia ses paquets et en sortit un petit pain, je m'approchai de lui et — voulant commencer nos relations par une plaisanterie — fis le geste de vouloir m'emparer de son déjeuner. Cependant, à ma grande surprise, le nouveau s'esquiva avec agilité, rougit de fureur et m'injuria. Alors, me forçant à sourire, honteux de ce pitoyable sourire par lequel je croyais sauver ma dignité, je fis encore une fois le geste de vouloir quand même lui prendre son déjeuner. Le nouveau déploya son bras et me frappa. Il était plus âgé et plus fort que moi et il me battit — mais après, quand je reniflais et pleurais dans un coin, mes larmes étaient particulièrement amères, ce n'était point parce que j'avais eu mal, mais parce qu'on m'avait frappé à cause d'un petit pain de deux sous, vers lequel j'avais tendu la main non pour m'en emparer, mais, sous le prétexte de vouloir le soustraire, pour faire don de mon amitié et offrir une partie de mon âme. C'est battu de cette façon que j'errais souvent en ces longues nuits de Moscou, et lorsque, au fur et à mesure que les boulevards se dépeuplaient et qu'en conséquence mes exigences, quant au physique de la femme recherchée, se réduisaient, je trouvais enfin une pitoyable traînée prête à tout — alors, dans cette heure froide, matinale et rose, en approchant du portail de l'hôtel, déjà apaisé, je ne désirais plus rien d'elle, et si je restais et prenais quand même une chambre c'était plutôt par une espèce de curieux devoir envers cette femme que pour mon propre plaisir. Il se peut cependant que ce ne fût pas vrai du tout, car c'était justement dans ces moments que je sentais enfin se manifester en moi cette sensualité qui, l'avais-je cru, m'avait guidé toute la soirée.

II.

Cela arriva au mois d'août, quand Yag, rentré de Kazan et venant directement de la gare, passa me prendre, me réveilla, me secoua, m'obligea à m'habiller et m'entraîna avec lui. En bas l'attendait un fiacre de luxe mais, engagé sans doute à la gare, il n'était pas des meilleurs. Le cheval était morne et trop petit pour une calèche aussi haute, montée sur des pneus d'auto, et la voiture elle-même penchait fort de mon côté; ses ailes laquées étaient craquelées et leurs jointures se séparaient en pourriture rouillée. Yag portait un costume gris clair avec des plis froncés aux manches — dus, sans doute, à la valise —, un panama blanc au ruban tricolore, et son visage était jaune — avec des taches rouges sous les yeux, comme des brûlures d'ortie, et, dans les poils clairs des sourcils, ainsi qu'aux coins des yeux, la poussière des wagons. Je fixais tout le temps ses escarbilles noires et humides aux coins de ses yeux, maladivement tenté de les sortir de là avec mon doigt entouré d'un mouchoir. Mais Yag interpréta mon regard autrement. Et, levant toujours le bras avec le crochet de sa canne qui glissait sur sa manche, et rabattant le bord de son panama que le vent retournait en l'ondulant, il me sourit de ses lèvres enflammées. « Toujours aussi beau, me cria-t-il à travers le vent, et cependant je vois — là, le bord de son panama se retourna de nouveau vers le haut —, je vois dans tes yeux, criait-il, l'immortel tourment de la dèche. » Et marmonnant dans le vent, je crois que c'était quelque chose comme excuse-moi, ou dans ce genre, Yag, fronçant le visage et se renversant pour atteindre plus facilement sa poche, en sortit un rouleau de billets de cent roubles, en arracha un, le chiffonna et me le fourra dans la main. « Prends, prends, cria-t-il furieusement, mettant, par sa fâcherie, un obstacle à mon refus, tu le prends d'un Russe, il me semble, pas d'un Européen quelconque, petite tête. » Et il se mit aussitôt à évoquer Kazan et son père, qu'il appelait « Papagna », et tout à coup il devint facile de parler, parce que la voiture roulait sur une bande d'asphalte et allait comme sur du beurre — sensation démentie par les claquements des sabots, si rapprochés qu'il semblait que le cheval allait glisser.

Cependant, je ne me sentais pas bien. Les cent roubles, pour moi inattendus et agréables, me rendaient accommodant, d'une façon humiliante, envers Yag, malgré tous les efforts intérieurs que je faisais pour y résister. J'écoutais avec une attention exagérée le récit au sujet de « Papagna » qui ne m'intéressait nullement, je prenais soin de laisser à Yag la place sur laquelle il glissait tout le temps de mon côté à cause de l'inclination de la voiture et, tout en y résistant intérieurement et me soumettant en même temps à cette lâche nécessité, qui non seulement ne venait pas de ma volonté mais lui était même franchement contraire, je sentais avec une humiliante netteté que je perdais de plus en plus cette indépendance moqueuse vis-à-vis de Yag, le visage de mon moi à qui, précisément, il avait donné cet argent. Je sentais aussi que ce visage, qui était le vrai, était quelque part en moi, terriblement près, et que je récupérerais aussitôt que je serais débarrassé — non pas de l'argent, j'en avais besoin — mais de la présence de Yag. Mais il était impossible de partir et, prenant prétexte de quelque plate plaisanterie de Yag et riant à cette plaisanterie d'une façon si répugnante que je me serais volontiers et avec délices tapé moi-même sur la gueule, je fourrai l'argent dans ma poche tout à fait comme si je venais de le voler.

On but de la vodka dans un restaurant genre brasserie et dont le nom, foncièrement russe — « L'Aigle » —, s'étalait sur une enseigne en lettres blanches sur fond jaune virant au vert. Un garçon servait la vodka dans une théière blanche, et j'observais chaque fois avec envie la façon dont Yag la buvait dans une tasse à thé. Il versait la vodka directement dans la bouche, sans déglutir, après quoi non seulement son visage ne grimaçait pas, mais s'illuminait de l'intérieur.

Je ne pouvais pas faire comme lui. La brûlure humide de la vodka, surtout lorsque après la déglutition la première inspiration, refroidissant la bouche et la gorge en feu, prenait une dégoûtante odeur d'alcool, me répugnait extrêmement. Je buvais de la vodka parce que l'intempérance était considérée comme un élément de crânerie, pour prouver, on ne sait à qui ni dans quel but, qu'on est capable de boire plus et de demeurer plus lucide que les autres. Alors que je me sentais déjà horriblement mal, et qu'il me fallait commander chacun de mes mouvements et les exécuter seulement ensuite, avec une extrême concentration — je perçus comme une agréable victoire le moment où Yag, ayant bu sa tasse après avoir vidé déjà de nombreuses théières, ferma tout à coup les yeux, se mit à pâlir, et, soutenant sa tête avec la main, parut tout secoué. L'électricité était déjà allumée dans l'établissement, des mouches voletaient en cercle autour de la lampe, et une mécanique tremblotant de ses lyres en bois sur un filet bleu laissait passer avec déchirement sa musique sans vie.

Tard déjà, juste avant sa fermeture, nous échouâmes encore dans un café à la mode et là, regardant dans les glaces nos visages insomniaques, nous avançâmes sur le parquet comme sur un pont de navire oscillant : nous inclinant rapidement en avant lorsqu'il se soulevait, et nous rejetant en arrière en freinant quand il retombait devant nous. Et là, chez le portier qui, par un mélange de majesté et de servilité, rappelait un dignitaire en disgrâce, Yag acheta encore une bouteille d'alcool artisanal et se mit d'accord avec deux serveuses pour aller d'abord se promener en voiture, et ensuite finir la soirée chez elles.

En bas, près du passage sombre et sonore où il nous fallut les attendre, nous fîmes connaissance. Elles s'appelaient Nelly et Kitty, mais Yag, les ayant aussitôt baptisées Nastiouha et Katiouha, et tapant paternellement tout le monde sur le derrière, pressait pour qu'on prenne place et qu'on démarre. De Kitty, je n'eus le temps de voir qu'un petit corps sec et de petits anneaux de cheveux, comme des queues de souris collées aux joues. Je dus monter en voiture avec Nelly, et la course dans le vent fut agréable. Les rares passants et les rangées de réverbères étaient également immobiles, et ce n'est qu'à une certaine distance qu'ils quittaient le rang et s'envolaient au-delà. Nelly était assise à côté de moi. Son cou était visiblement de travers, mais par son sourire et son regard constamment de biais elle arrivait quelquefois à transformer cette laideur en coquetterie. Et c'est sans doute parce que la vodka vibrait fort dans ma tête — et que j'étais libéré de l'obligation d'imaginer ce que les passants pensaient de moi — que je l'embrassais. D'une manière très désagréable, pendant que je me pressais contre ses lèvres froides, humides et serrées, elle mugissait à travers le nez « mmm », la tonalité de ce mmm montant toujours, et sur une certaine note, la plus haute et la plus aiguë, elle commençait à se débattre.

Passée la porte cochère sombre, au-dessus de laquelle un 8 d'un jaune pétroleux, fait de deux cercles coquettement ouverts et sans contact, transperçait une invisible lanterne, et où les deux cochers, sautant à terre, réclamaient un supplément sur un ton de menace outragée, Nelly et Kitty nous entraînèrent le long d'un escalier en nous tenant par la main et après avoir traînassé beaucoup pour déverrouiller la porte, nous introduisirent dans le sombre couloir d'un appartement inconnu. Puis elles ouvrirent encore une porte, et dans la chambre sombre, s'esquissa, s'éclaircissant avant l'aube, une fenêtre dans laquelle la nuit s'abattit quand on alluma la lampe. « Mais doucement, pour l'amour de Dieu, doucement, messieurs », demandait Nelly d'un air suppliant, posant sur sa gorge sa main de travailleuse aux ongles manucurés, alors que Kitty, déplaçant avec précaution un petit canapé et passant derrière, jetait sur la lampe portative un foulard de soie rouge à franges.

« Ma chère, y a pas de problèmes, cria Yag de sorte que les fillettes, comme à un commandement et comme si on allait les frapper, rentrèrent la tête dans les épaules —, si vos poumons et vos ressorts de divan sont en bon état, il n'y aura pas de bruit. » Et Yag souriait, renversait la tête et ouvrait ses bras à tout le monde. Lorsque enfin nous nous assîmes tous et que Yag, le premier, but de l'alcool trouble comme l'eau d'un marais, il se sentit mal. Son visage blanc s'avachit; il renifla bruyamment, puis se leva, ouvrant largement la bouche, alla vers la fenêtre et, la poitrine posée sur le rebord, le dos secoué, se mit à dégueuler. Moi aussi j'avais des nausées, j'avais beau déglutir, de nouveau ma bouche se remplissait. Kitty restait assise, les mains cachant pudiquement son visage, mais entre les doigts son œil noir et rieur me suivait. Quant à Nelly, elle regardait Yag, les coins de sa bouche abaissés avec mépris, et elle hochait la tête comme si tous ses pressentiments étaient pleinement confirmés.

Yag revint de la fenêtre fort content et, s'essuyant les yeux et la bouche, entreprenant d'une nouvelle manière, se laissa tomber près de nous sur le canapé. « Eh bien, maintenant, veuillez passer à la casserole », dit-il. Et enlaçant Nelly, il se mit à la serrer contre lui. Chaque fois que, de la main, elle repoussait sa tête, Yag, sans la lâcher, se retournait et me regardait, et moi, je lui souriais avec approbation, comme si je voulais l'encourager dans quelque affaire très amusante. Pour attirer définitivement Nelly contre lui, Yag basculait de plus en plus de son côté et enfin, levant haut la jambe qui erra dans l'air à la recherche d'un point d'appui, buta du pied contre la table et la poussa avec force loin de lui.

Quelques minutes, après un fracas qui nous parut épouvantable, nous restâmes comme ligotés, écoutant et respirant fort. Dans la fenêtre éclaircie on voyait des moineaux posés sur des câbles, et cela rappelait un fil de fer barbelé. Avec de terribles précautions, essayant de ne faire le moindre bruit, je me mis à relever la table tombée, comme si le silence pendant lequel je voulais la remettre sur pieds pouvait dans une certaine mesure diminuer le fracas produit par sa chute. « Eh bien, espérons... » commença Yag, mais Nelly, les yeux furibonds, fit ch-ch et Kitty allongea le bras comme pour avertir, et le maintint ainsi. En effet, à ce moment même, quelque part dans le couloir, quelque chose claqua doucement, puis tapota, puis s'approcha et s'arrêta juste derrière notre porte, dont la poignée se mit à pencher avec lenteur et menace. D'abord, dans la fente de la porte à peine poussée, un œil apeuré me regarda avec inquiétude, puis la porte s'ouvrit largement et insolemment et ce qui entra dans la chambre avec une résolution scandaleuse fut un pyjama d'homme, au col relevé autour de l'adorable tête d'une femme. Les hauts talons de ses mules rouges traînaient et frappaient le parquet. « E-e-eh bien, dit-elle en regardant Nelly et Kitty, comme si Yag et moi n'étions pas là. Je vois que vous êtes des locataires charmantes. Et alors, ce sera comme ça tout le long de la nuit, hum ? » Nelly et Kitty étaient assises côte à côte sur le divan. Nelly, avec son cou de travers et les yeux grands ouverts, regardait le visage de celle qui parlait, clignant les yeux, bouche bée. Kitty avait baissé la tête et sur ses genoux dessinait des cercles avec un doigt, en fronçant le visage et les lèvres avancées comme pour siffler. Yag sauva la situation, et cela pas du tout parce qu'il était trop ivre, mais parce que, faisant semblant de l'être, il s'excluait lui-même du nombre des coupables. Ouvrant les bras, si largement tendus que ses genoux pliaient, le ventre en avant, il alla péniblement vers la nouvelle venue en entonnant une chanson d'un bêlement d'ivrogne, l'interrompit aussitôt et s'arrêta joyeusement.

Alors, la conversation suivante eut lieu entre la jolie propriétaire de l'appartement et moi-même :

Elle : Votre camarade chante fort bien. Mais pourquoi ferme-t-il les yeux ? Ah oui ! c'est pour ne pas voir que je me bouche les oreilles.

Moi : L'esprit ajoute à l'apparence d'une femme la

même chose qu'un vêtement masculin prête à sa silhouette, il souligne ses charmes et ses défauts.

Elle : Je crains que ce ne soit que grâce à ce vêtement que vous avez apprécié mon esprit.

Moi : C'est par politesse. Il serait dommage d'apprécier votre silhouette d'après votre esprit.

Elle : On pourrait préférer la galanterie à la politesse.

Moi : Je vous remercie.

Elle : De quoi ?

Moi : La politesse est asexuée. La galanterie est charnelle.

Elle : Dans ce cas, je peux vous assurer qu'il n'est pas dans mes intentions d'attendre de vous de la galanterie. Et d'ailleurs vous... Pour celui qui est galant — la femme sent la rose, et pour ceux qui sont comme vous, on dirait que même la rose sent la femme. Et si on vous posait la question, vous ne sauriez même pas pour de bon ce qu'est une femme.

Moi : Ce qu'est une femme ? Mais si, pourquoi ? Je sais : la femme c'est comme le champagne, froide elle enivre davantage, et dans un emballage français elle coûte plus cher.

Faisant flotter son pantalon et claquant des talons, elle approcha de moi. « Si votre définition était exacte, dit-elle doucement avec un clin d'œil éloquent du côté de Nelly et Kitty, j'aurais le droit d'affirmer que votre cave à vins laisse beaucoup à désirer. (Éprouvant l'enthousiasme pudique du vainqueur, je baissai la tête sans rien dire.) Cependant, ajouta-t-elle rapidement et presque en chuchotant, peut-être pourrons-nous reprendre un jour cette conversation piquante. Je m'appelle Sonia Mintz. » Et, baissant la tête comme pour regarder mon visage alors que je m'inclinais respectueusement pour baiser sa main tendue, elle dit oh-oh-oh- avec une approbation étonnée et se composa un museau de renard, ce qui brida à la chinoise ses yeux terriblement bleus. Et aussitôt elle dit s'adressant à Yag et à moi, comme si Nelly et Kitty n'étaient pas dans la chambre, qu'elle n'avait rien contre notre présence ici et qu'elle demandait seulement que nous fassions moins de bruit. A peine eut-elle prononcé ces paroles et fermé la porte derrière elle que, comme si nous étions mus par un accord tacite ou une identité de sentiments, aussitôt Yag retrouva son panama et sa canne, je m'emparai de ma casquette, et nous prîmes congé. Et c'était comme ça : pendant que Nelly et Kitty nous raccompagnaient le long du couloir, une espèce de répugnance, de crainte que là-bas, dans l'appartement, on entendît un mot intime qui m'eût lié à ces filles me poussait à les quitter au plus vite, sans leur parler ni les toucher, à me dégager d'elles; mais lorsque, une fois l'escalier descendu, je sortis dans la cour, j'eus tout à coup pitié de ces Nelly et Kitty, j'éprouvai pour de bon, dans mon cœur, une pitié pour ces deux fillettes, comme si des gens quelconques, dont moi, les avaient blessées d'une façon injuste.

III.

Le lendemain matin, je me réveillai ou, plutôt, je fus réveillé par un sentiment d'inquiétude tailladante et de joie intense inhabituelles, avec la pénible douleur à la tête, la sèche raideur dans la bouche et cette série de piqûres au cœur, comme si une aiguille y était cousue, qui suivent d'habitude une beuverie à la vodka. Il était encore tôt. La nounou traîna ses pieds dans le couloir en chuchotant pch, pch, pch, et les mots qu'elle sous-entendait par ces pch, pch et qu'elle attribuait à la personne avec qui elle poursuivait une controverse l'avaient sans doute indignée à tel point que, s'arrêtant près de ma porte, elle s'exclama : « Hé, toi ! Il ne manquerait plus que ça ! » Je me mis sur le côté, en boule, soupirai comme pour dire « comme c'est dur » — alors que je me sentais si bien et si joyeux — et fis semblant de vouloir me rendormir, tout en sachant parfaitement que dans cet état d'inquiétude joyeuse il m'était absolument impossible non seulement de m'endormir, mais même de rester couché. On entendit, venant de la cuisine, un filet d'eau qui, à la sortie du robinet, stridulait sèchement et qui, une fois que la casserole fut posée dessous, passa à un grondement sonore dont la tonalité montait. Et il y avait dans ces bruits quelque chose de si émouvant que, dans mon besoin de libérer le trop-plein de ma joie, je me soulevai et, remuant l'aiguille cousue dans mon cœur et laissant se répandre dans mes tempes la douleur diffuse et vénéneuse, je hurlai de toutes mes forces en appelant la nounou. Le robinet se tut immédiatement, mais on n'entendit pas du tout le claquement des pantoufles, c'est pourquoi soudain et sans bruit, comme voguant dans les airs, la nounou entra par la porte. Cependant, même sans la regarder, je connaissais avec certitude la cause du silence de ses pas. « Qu'est-ce qu'il y a, Vaditchka, il fait à peine jour et tu cries comme ça. Tu ne feras que réveiller la maîtresse. » Son minuscule visage de soixante ans, couleur de feuille d'automne, était sombre et soucieux. « Qu'est-ce que t'as, diablesse, à porter des bottes de feutre maintenant, en été ? » lui demandai-je, sans lever la tête, écoutant la douleur diffuse vibrer, en s'apaisant, entre la nuque et l'oreiller. « C'est que les pieds me font très mal, Vaditchka, dit-elle, en solliciteuse, puis, aussitôt, pratique : Ce n'est que pour ça que tu appelais ? » Et la nounou, hochant la tête avec reproche et cachant sa bouche avec la main, me regardait de ses yeux aimants et rieurs. « Oui, oui, dis-je, essayant de l'abuser avec le calme somnolent de ma voix, seulement pour ça » et aussitôt je sautai du lit, furibond et plié en deux à la manière d'un tueur avant de bondir, les mains rejetées en arrière comme si j'y tenais des poignards, tapant des pieds nus pour simuler la poursuite de la nounou qui, effrayée, fuyait déjà, je hurlai furieusement : « Va-t'en, eh, j't'aurai, ou-lou-lou, hors d'ici ! »

Cependant, cette représentation que, ce matin, je m'imaginais donner devant les yeux bleus de Sonia Mintz ne s'arrêta pas là du tout. Tout ce que je faisais ce matin, je le faisais non pas comme d'habitude, mais justement comme si cette Sonia me regardait vraiment, sans me quitter des yeux, et me suivait avec émerveillement. (J'attribuais cet émerveillement précisément au changement qui différenciait de mes actes habituels mes faits et gestes d'aujourd'hui.) Ainsi, ayant sorti de l'armoire une chemise propre, la seule chemise en soie que je possédais, et l'ayant examinée, je la jetai par terre simplement parce qu'à l'épaule une couture était très légèrement défaite, et après je marchai dessus comme si j'en avais toute une douzaine. En me rasant je me coupai et je continuai à gratter l'endroit blessé comme si je n'avais pas mal du tout. Otant mon linge pour me changer, je bombai le torse jusqu'à la limite du possible et rentrai le ventre, comme si vraiment j'avais un corps magnifique. Ayant goûté au café, je le repoussai en enfant gâté, capricieux, alors qu'il était bon et que j'avais envie de le boire. Involontairement et pour la première fois, je me heurtais, ce matin, à l'invincible et étonnante certitude que, tel que j'étais en réalité, je ne pouvais, en aucun cas, plaire et convenir à un être aimé.

Lorsque, ayant précautionneusement tâté dans ma poche le billet de cent roubles de Yag, je sortis dans la rue, il était près de onze heures. Il n'y avait pas de soleil, le ciel était bas et d'un blanc mou, mais il était impossible de regarder en haut, les yeux larmoyaient. Le temps était étouffant et humide. Mon inquiétude augmentait toujours. Elle dominait toutes mes sensations et même se faisait déjà douloureusement sentir dans la partie supérieure de l'estomac qui semblait se détraquer. Sur le chemin du fleuriste, en passant devant un hôtel cher, à la mode, je décidai, je ne sais pourquoi, d'y entrer. Ayant poussé la porte à tambour où, dans le verre de cristal, la maison voisine roula en vibrant, j'entrai et traversai le hall. Mais le café était si désert, une espèce d'inquiétude de voyage émanait tellement des odeurs de fumée de cigare, d'amidon des nappes, de cuir des fauteuils, de miel et de café que je sentis que je ne pourrais y demeurer une minute de plus et, après avoir fait semblant de chercher quelqu'un, je me retrouvai dans la rue.

Je ne sais pas exactement à quel moment je décidai d'envoyer des fleurs à Sonia. Je savais seulement que cette décision prenait de l'ampleur au fur et à mesure que j'approchais du fleuriste : j'imaginais d'abord que je lui enverrais une corbeille de dix roubles, puis de vingt, puis de quarante — et comme la joyeuse stupéfaction de Sonia grandissait en même temps que croissait la quantité de fleurs, en m'approchant du fleuriste j'étais convaincu de la nécessité de dépenser les cent roubles en ma possession. Ayant dépassé la vitrine du fleuriste où les fleurs grimaçaient en taches larmoyantes, l'eau ruisselant à l'intérieur sur les vitres, je franchis le seuil. Et, ayant aspiré la pénombre humide et odorante — mentalement je fermai les yeux sous l'épouvantable choc intérieur : Sonia se tenait dans le magasin.

J'étais coiffé d'une vieille casquette datant du lycée, avec un bandeau délavé et la visière fendillée, je portais la tunique défraîchie de la veille, un pantalon usé avec des poches aux genoux, mes jambes tremblaient affreusement et je transpirais d'une façon répugnante comme au milieu d'un feu. Mais il était impossible de partir : la vendeuse était devant moi et demandait si monsieur désirait une corbeille ou un bouquet, et elle avait déjà eu le temps de montrer de sa main une dizaine de fleurs différentes, que je connaissais de vue mais dont, pour la plupart, j'ignorais le nom, et ensuite elle énuméra une dizaine d'espèces que je ne connaissais pas du tout.

Juste à ce moment Sonia se retourna complètement et, souriant tranquillement, avança vers moi. Elle portait un tailleur gris, un bouquet de violettes en feutre était mal épinglé et fronçait son revers, ses chaussures étaient plates et en marchant elle tournait les pointes de ses pieds d'une façon qui n'était pas féminine. C'est seulement quand elle passa à côté de moi pour se diriger vers la caisse qui se trouvait derrière que je compris qu'elle ne souriait ni à moi, ni à rien de ce qu'elle voyait — mais à ses propres pensées. Et aussitôt derrière mon dos sa voix, si particulière, un peu fêlée, cette voix que durant toute la matinée je n'étais pas arrivé à me rappeler, dit aux commis qui lui ouvraient les portes : « S'il vous plaît, envoyez les fleurs tout de suite, sinon ce monsieur peut sortir, et ce sera très fâcheux. Merci », et elle partit.

Quand, sur le chemin de la maison, je cherchai un endroit où jeter les quelques œillets achetés par décence — je savais déjà que tout était fini avec Sonia.

Bien sûr, je comprenais qu'il n'y avait encore absolument rien eu entre Sonia et moi, que tout ce qu'il y avait eu résidait non pas dans mes relations avec elle, mais seulement en moi-même; qu'il était évident que Sonia ne pouvait connaître mes sentiments, et que, sans doute, je serais, d'une façon quelconque, contraint à les lui communiquer et à les provoquer chez elle. Mais justement cette conscience de la nécessité de briguer l'amour de Sonia, cette nécessité d'exposer, de convaincre, de persuader de mes sentiments un être méfiant et donc étranger — pour moi signifiait que honnêtement tout était fini avec Sonia. Et il est vrai, peut-être, que dans la cour que l'on fait à une femme il se trouve une espèce de répugnant mensonge, d'hostilité aux aguets, saupoudrée de sourires. A présent je le sentais d'une façon particulièrement aiguë, et une sorte d'amertume outragée m'écartait de la Sonia vivante aussitôt que je me mettais à penser à la nécessité de briguer son amour. Je n'arrivais pas bien à m'expliquer ce sentiment difficile, mais il me semblait que si moi, homme honnête, avais été soupçonné de vol par une jeune fille aimée, le même sentiment d'amer outrage m'aurait empêché de m'humilier en la persuadant, elle, la jeune fille aimée, de mon innocence — alors que je l'aurais fait avec une parfaite facilité s'il s'était agi de n'importe quelle autre femme qui m'aurait été indifférente. Pendant ces courts instants, et pour la première fois, je parvenais, par ma propre expérience, à la certitude que chez le pire des minables il existe de ces sentiments, sentiments de fierté intransigeante, qui exigent une réciprocité absolue, et qui préfèrent la douleur d'une solitude amère aux joies d'un succès obtenu par l'humiliante intercession de la raison.

Et qu'est-ce que c'était que ce monsieur à qui elle envoyait des fleurs ? pensais-je, et ma lassitude était telle que je me sentais prêt à m'allonger ici même, dans l'escalier. Un monsieur. Mon-sieur. Qu'est-ce que c'est que ce mot. Un *baryn* — le maître — oui, c'est compréhensible et convaincant. Mais monsieur, qu'est-ce que c'est, un freluquet quelconque. J'ouvris la porte, suivis le couloir de notre pauvre petit appartement, et dans l'espoir de me coucher au plus vite sur mon divan passai dans ma chambre. Elle était déjà rangée, mais il y régnait, de façon estivale, une atmosphère poussiéreuse, claire et pauvre. Et sur la table était posé le paquet pansu entouré de papier de soie blanc avec des épingles le long de la couture. C'étaient des fleurs de Sonia, avec un mot et la prière de nous rencontrer le soir même.

IV.

Vers le soir la pluie s'arrêta, mais les trottoirs et l'asphalte étaient encore mouillés, les réverbères s'y reflétaient comme dans des lacs noirs. Les candélabres gigantesques des deux côtés d'un Gogol de granit bourdonnaient doucement. Cependant, leurs boules laiteuses, dans la résille de leur monture, suspendues au sommet de ces mâts de fonte, éclairaient mal en bas, et ce n'est que çà et là, dans les tas noirs des feuillages mouillés, que clignotaient leurs pièces d'or. Et pendant que nous passions à côté, une goutte de pluie se détacha du nez pointu, du nez en pierre, accrocha en tombant la lueur du réverbère, s'alluma de bleu et s'éteignit aussitôt. « Vous avez vu ? » demanda Sonia. Oui. Bien sûr. J'avais vu.

Lentement et sans mot dire, nous allâmes plus loin pour tourner dans une ruelle. Dans le silence humide, on entendait quelque part jouer du piano, mais, comme cela arrive souvent quand on est dans la rue, une partie des sons échappait; seuls les plus sonores arrivaient jusqu'à nous, et ils claquaient contre les pierres de façon tellement perçante qu'on aurait dit que dans cette chambre on cognait avec un marteau sur une sonnette. Ce n'est que sous la fenêtre que les sons manquants reprirent leur place : c'était un tango. « Vous aimez ce genre espagnol ? demanda Sonia. — Non, répondis-je au hasard, je n'aime pas, je préfère le genre russe. – Pourquoi? » Je ne savais pas pourquoi. Sonia dit : « Les Espagnols chantent toujours la passion triste, et les Russes la tristesse passionnée, c'est peut-être pour ça, mm? – Oui, sans doute. Oui, justement c'est ça... Sonia », dis-je, en franchissant ce paisible prénom avec un délicieux effort.

Nous tournâmes à l'angle de la rue. Là, il faisait plus noir. Une fenêtre, au rez-de-chaussée, était très vivement éclairée. Et dessous, sur les galets ronds et humides, un carré scintillait, comme si un plateau d'abricots était posé par terre. Sonia dit « Ah ! » et laissa tomber son sac. Je me baissai vivement, ramassai le sac et sortis mon mouchoir pour l'essuyer. Quant à Sonia, sans regarder ce que je faisais et me fixant intensément dans les yeux, elle avança la main, enleva ma casquette et, la tenant contre son bras replié, se mit à la caresser du bout des doigts, précautionneusement, comme si c'était un petit chat vivant. Peut-être à cause de cela, ou parce qu'elle me regardait dans les yeux, je fis un pas vers elle (le sac dans une main, le mouchoir dans l'autre) et, avec la crainte de m'évanouir tout à coup, l'enlaçai. — Vous pouvez, dirent ses yeux qui s'étaient fermés avec lassitude. Je me penchai et effleurai ses lèvres. Et c'était peut-être justement comme ça, avec cette inhumaine pureté, avec ce joyeux empressement qui cause une si précieuse douleur de tout donner — et le cœur, et l'âme, et la vie — que des martyrs desséchés, effrayants et asexués approchaient autrefois leurs lèvres des icônes. « Cher, disait plaintivement Sonia, retirant ses lèvres et les rapprochant de nouveau — enfant — mon chéri — tu aimes, n'est-ce pas — dis-le. » Intensément, je cherchais en moi ces paroles nécessaires, magnifiques, ces merveilleuses paroles d'amour, ces paroles que j'allais dire, que j'étais obligé de dire aussitôt. Mais les mots n'étaient pas en moi. Comme si mon expérience amoureuse m'avait convaincu que parler joliment de l'amour, seul le peut celui chez qui l'amour n'est plus qu'un souvenir — que parler d'amour de façon convaincante, seul le peut celui dont la sensualité a été touchée, mais que celui dont le cœur a été frappé d'amour ne peut que se taire.

V.

Deux semaines s'écoulèrent, durant lesquelles ma sensation de bonheur devenait de plus en plus agitée et fiévreuse, avec ce mélange d'inquiétude déchirante, propre sans doute à tout bonheur qui s'est accumulé d'une façon trop dense, en quelques jours, au lieu de s'écouler sur des années, tranquille et léger. Tout, en moi, se dédoublait.

La sensation de durée se dédoublait. Le matin commençait, puis venait la rencontre avec Sonia, le dîner quelque part hors de la maison, une promenade à la campagne, et c'était déjà la nuit, et la journée avait été comme une pierre qui chute. Mais il suffisait d'entrouvrir seulement les yeux des souvenirs, et aussitôt ces quelques jours, si lourdement chargés d'impressions, prenaient une durée de mois.

La force avec laquelle j'étais attiré vers Sonia se dédoublait. Éprouvant, en sa présence, le constant et intense désir de lui plaire et la crainte cruelle qu'elle s'ennuie avec moi, j'étais toujours, la nuit tombée, tourmenté à tel point que je poussais un soupir de soulagement lorsque, enfin, Sonia disparaissait sous le portail de sa maison et que je restais seul. Cependant, avant d'avoir eu le temps d'arriver jusque chez moi, je recommençais à me languir d'elle, je ne mangeais ni ne dormais, et devenais d'autant plus fiévreux que l'instant de la nouvelle rencontre approchait; puis, au bout d'une demi-heure passée ensemble, je me torturais de nouveau dans l'effort pour me rendre intéressant, et ressentais du soulagement à me retrouver seul.

La sensation d'unité de mon moi intérieur se dédoublait. Mon intimité avec Sonia se limitait à des baisers, mais ces baisers ne suscitaient en moi que cette sanglotante tendresse qui survient à la gare, aux moments des adieux, lorsqu'on se quitte pour longtemps, pour toujours peut-être. Ce genre de baisers agit trop sur le cœur pour agir sur les sens. Et ces baisers étaient pour ainsi dire un axe autour duquel se développaient nos relations, m'obligeant à me transformer en adolescent rêveur et même naïf. C'était comme si Sonia avait rappelé à la vie ceux de mes sentiments qui, depuis longtemps, avaient cessé d'exister en moi; qui, pour cette raison, étaient plus jeunes que moi-même; qui, par leur jeunesse, leur pureté et leur candeur, ne correspondaient pas du tout à mes expériences malsaines. Tel j'étais avec Sonia, et au bout de quelques jours déjà convaincu que je l'étais réellement, et que rien, ni personne d'autre ne pouvaient exister en moi. Cependant, deux ou trois jours plus tard, dans la rue je rencontrai Takadjief qui m'avait déjà vu plusieurs fois en compagnie de Sonia. (Au lycée déjà il avait apprécié et approuvé mon point de vue particulier sur les femmes.) Ayant aperçu Takadjief encore de loin j'éprouvais tout à coup une espèce d'étrange mauvaise conscience et le besoin impératif de me justifier à ses yeux. Comme un voleur qui, ayant renoncé à ses activités sous l'influence d'une famille laborieuse au sein de laquelle il s'est fixé, rencontre un complice de ses vols et devant lui a honte de n'avoir pas encore dépouillé ses bienfaiteurs. Après les salutations obscènes, je lui racontai que mes fréquentes rencontres avec cette femme (c'est-à-dire avec Sonia) s'expliquaient uniquement par des besoins érotiques qu'elle savait follement exciter et satisfaire. Mon dédoublement, ma dualité dans ce cas se situaient moins dans le mensonge proféré par mes lèvres que dans la sincérité avec laquelle s'agita en moi la conscience arrogante d'un crâneur bravache.

Les sentiments envers les gens qui m'entouraient se dédoublaient. Sous l'influence de mes sentiments pour Sonia, j'étais devenu excessivement bon par rapport à ce que j'étais auparavant. Je faisais généreusement l'aumône (plus généreusement quand j'étais seul qu'en présence de Sonia), je faisais constamment le fou avec la nounou, et une fois, en rentrant tard dans la nuit, je pris le parti d'une prostituée qu'un passant avait outragée. Mais ce nouveau comportement envers les gens, ce joyeux désir d'embrasser, comme on dit, le monde entier, dévoilait le désir de détruire ce même monde aussitôt que quelqu'un se trouvait obligé, même indirectement, de contrarier mon intimité avec Sonia et mes sentiments envers elle.

Au bout d'une semaine, les cent roubles que Yag m'avait donnés étaient épuisés. Il ne me restait que quelques roubles, qui ne me permettaient pas de revoir Sonia, car ce jour-là il était convenu que nous dînerions ensemble et que nous irions ensuite à Sokolniki pour y rester jusqu'à la nuit.

Le matin, après avoir avalé mon café avec dégoût, dans cet état de satiété agitée qui allait jusqu'à des brûlures d'estomac — toujours avec la pensée anxieuse : « Comment cela va-t-il tourner ? et comment, étant dans la dèche, arriverai-je à passer toutes ces journées en compagnie de Sonia » —, j'entrai dans la chambre de ma mère et lui dis que j'avais besoin d'argent. Elle était assise dans un fauteuil près de la fenêtre, et paraissait particulièrement jaune. Sur ses genoux, il y avait des fils multicolores emmêlés et quelque broderie, mais elle avait laissé tomber ses mains, ses yeux délavés fixaient un coin, dans une immobilité pesante. « J'ai besoin d'argent, répétai-je en écartant les doigts comme un canard, car ma mère n'avait pas bougé — j'ai besoin d'argent, et tout de suite. » Avec une visible difficulté, ma mère souleva à peine les mains et les laissa retomber avec un désespoir résigné. « Eh bien, dis-je, s'il n'y a pas d'argent, donne-moi ta broche, j'irai la mettre en gage » (pour ma mère cette broche était sacrée, seul souvenir tangible de mon père). Toujours sans répondre, et continuant à regarder pesamment devant elle, ma mère fouilla de sa main tremblante dans son vieux corsage et en sortit une quittance du mont-de-piété, couleur canari. « Mais j'ai besoin d'argent, criai-je dans un désespoir larmoyant à la seule idée que Sonia m'attendait déjà et que je ne pourrais pas la rejoindre, j'ai besoin d'argent, et je vendrai l'appartement, j'irai jusqu'au crime pour me le procurer. » Traversant notre petite salle à manger et me précipitant aveuglément dans le couloir, je me heurtai à la nounou. Elle écoutait à la porte. « Il ne manquait que toi, vieille diablesse », dis-je en la bousculant pour passer. Mais la nounou, tremblant d'audace, saisissant ma main comme pour la baiser, me retenant et me regardant de bas en haut de ce regard suppliant et insistant dont elle regardait toujours les icônes, chuchota : « Vadia, ne fais pas de mal à la maîtresse. Vadia, ne l'achève pas; de toute façon elle est là comme une morte. C'est aujourd'hui l'anniversaire du décès de ton père. » Et, fixant non plus mes yeux mais le menton, essuyant de la main son nez en forme de bouton, confuse à la manière des vieux, elle ajouta : « Quant à l'argent, s'il t'en faut, peut-être prendrais-tu le mien ? Hein ? Prends, fais-moi grâce. Prends-le pour l'amour du Christ. Tu le prendras, hein ? Prends, ne m'en veux pas. » Et la nounou partit rapidement vers la cuisine et revint une minute plus tard en m'apportant un paquet de billets de dix roubles. Je savais qu'elle mettait cet argent de côté au prix du travail de longues années, qu'elle l'amassait pour le verser à l'hospice afin d'avoir un coin à elle dans sa vieillesse, quand elle n'aurait plus la force de travailler et je le pris quand même. En me remettant cet argent, la nounou reniflait et clignait les yeux, elle avait honte de montrer ses larmes heureuses d'abnégation et d'amour.

Deux jours plus tard, alors que nous descendions les boulevards — nous allions à la campagne —, Sonia eut besoin de téléphoner chez elle. Ayant fait arrêter le cocher — c'était sur la place, non loin de notre maison —, elle me demanda de l'attendre dans la rue. Descendu de la voiture et faisant les cent pas dans l'attente de Sonia, j'arrivai presque au coin, lorsque quelqu'un me toucha la main. Je me retournai. C'était ma mère. Elle était sans chapeau, ses petits cheveux gris étaient ébouriffés, elle avait sur le dos la veste ouatinée de la nounou et portait un filet à provisions. Elle caressa mon épaule craintivement, en quémandeuse. « Mon garçon, je me suis procuré un peu d'argent, si tu veux, je... — Allez, allez, l'interrompis-je avec l'horrible appréhension de voir Sonia sortir, apercevoir cette affreuse vieille et deviner que c'était ma mère, allez, je vous dis, disparaissez immédiatement », répétais-je, n'ayant pas la possibilité, là, dans la rue, de la chasser par la puissance de ma voix et lui disant à cause de cela « vous ». Mais, quand, ayant rejoint le fiacre, j'aidai Sonia, qui venait de sortir, à y monter, regardant ses yeux bleus qui se plissaient et louchaient à cause du soleil tapant dans les ailes laquées de l'équipage, j'éprouvais déjà un tel bonheur que je pouvais, sans trembler, regarder la tête grise, la veste ouatinée et les pieds enflés dans leurs chaussures éculées qui, péniblement, avançaient de l'autre côté de la chaussée.

Le lendemain matin, passant par le couloir pour aller au lavabo, je me heurtai à ma mère. Ayant pitié d'elle et ne sachant quoi lui dire au sujet de la veille, je m'arrêtai et caressai sa joue flasque. Contrairement à mon attente, ma mère ne me sourit pas et ne manifesta pas de joie; sa figure se ratatina pitoyablement et aussitôt, sur ses joues, une énorme quantité de larmes coulèrent, qui me parurent (je ne sais pourquoi) brûlantes comme l'eau qui bout. Il semblait qu'elle s'efforçât de dire quelque chose et l'aurait dit peut-être, mais j'avais jugé que tout était déjà arrangé, j'avais peur d'être en retard et je m'éloignai rapidement.

Telle était mon attitude envers les autres, telle était ma dualité : d'un côté, le désir d'embrasser le monde entier, de rendre les gens heureux et de les aimer; d'un autre, la dilapidation éhontée des sous laborieusement acquis par une vieille femme, et une cruauté sans limites envers ma mère. Et le plus bizarre était que cette malhonnêteté et cette cruauté n'étaient nullement en contradiction avec les élans d'amour envers tout l'univers vivant — comme si l'intensification de ces bons sentiments, pour moi si insolites, m'aidait à accomplir les cruautés dont je ne me serais pas senti capable (pour peu que ces bons sentiments fussent absents).

Mais de toutes ces nombreuses dissociations, celle qui se dessinait le plus nettement et se faisait sentir de la façon la plus aiguë était mon écartèlement entre l'esprit et la chair.

VI.

Une fois — tard déjà dans la nuit, après avoir raccompagné Sonia, je rentrais à la maison par les boulevards, traversant une place brillamment éclairée et pour cela encore plus déserte; je contournai des prostituées assises sur un banc extérieur à la station de tramways. Comme toujours, les propositions et les agaceries dont elles usèrent pour m'interpeller alors que je passais devant elles m'atteignirent dans mon amour-propre de mâle pour qui ces avances mêmes semblaient dénier la possibilité de recevoir gratis, des autres femmes, ce qu'elles me proposaient pour de l'argent.

Malgré le fait que les filles de la Tverskaya étaient quelquefois beaucoup plus attirantes physiquement que ces femmes que je suivais et que je trouvais sur les boulevards, qu'elles ne me seraient pas du tout revenues plus cher, que le risque de contagion était aussi grand et qu'enfin, en choisissant une prostituée, je m'évitais des heures d'errance, des recherches et des refus insultants — malgré tout cela je n'allais jamais chez les prostituées.

Je n'y allais pas parce que ce que je désirais trouver n'était pas tellement une relation légalisée par un accord verbal, mais une lutte secrète et perverse, avec ses étapes et sa victoire, où le vainqueur, me semblait-il, était mon moi, mon corps, mes yeux, qui étaient les miens et ne pouvaient être qu'à moi seul, et non pas les quelques roubles que beaucoup de gens pouvaient posséder. De plus, je n'allais pas chez les prostituées parce que la femme, s'étant fait payer d'avance, se donnait ainsi par obligation — elle le faisait sous la contrainte, peut-être même (ainsi l'imaginais-je) en serrant les dents d'impatience, ne désirant qu'une chose — que je fasse mon affaire le plus vite possible et que je m'en aille, et que du fait de cette impatience hostile j'avais auprès de moi, au lit, non pas un complice ardent, mais un observateur ennuyé. Ma sensualité était comme un reflet des sentiments que la femme éprouvait à mon égard.

Je n'avais pas eu le temps de parcourir même la moitié du court boulevard lorsque j'entendis quelqu'un me rattraper, en respirant pesamment, d'un pas menu et accéléré. « Ouf ! j'ai eu de la peine à rattraper », dit la voix répugnante, professionnellement enjouée. Je me retournai, je vis la lumière jaune qui, venant de la place, pénétrait dans la caverne du boulevard, et dans cette lumière une femme qui marchait sur moi en courant. Je m'écartai, mais elle tourna brusquement, me heurta et m'enlaça. Et aussitôt, son corps qui collait étroitement au mien et qui chauffait fort me cogna au bas-ventre, ses lèvres s'approchèrent, adhérèrent, s'ouvrirent et libérèrent dans ma bouche une langue humide, froide et frétillante. Éprouvant — comme il convenait à un moment pareil — la sensation que toute la terre s'était écroulée et qu'il ne restait que ce petit morceau sur lequel on se tenait, et probablement pour ne pas être précipité dans le vide, pour tenir debout, je l'enlaçai aussi. Et après, tout fut terriblement simple.

D'abord, un fiacre qui secouait et ne semblait pas avancer parce que, sans le vouloir, je voyais un petit morceau de ciel étoilé pendant que, avec une délicieuse cruauté, je lui déchirais les lèvres. Puis, le portail, et sur le côté, suspendue au bout d'un tisonnier planté dans la maison, une botte dorée — et le portail en bois plein, dans lequel une petite porte s'ouvrait comme dans une pendule à coucou. Puis un couloir, le plâtre décollé découvrant un lacis de bois, et une porte tapissée de toile cirée dans laquelle les creux autour des clous profondément enfoncés étaient ourlés de poussière. Puis la touffeur immobile du réduit, une lampe à pétrole et, au-dessus d'elle, sur le plafond noir, une tache lumineuse et vive, comme venant du soleil à travers un verre grossissant. Et une couverture piquée faite de pièces multicolores, humide et lourde, comme bourrée de sable, et, retombant mollement de côté; un sein de femme avec un téton brun et, autour, de petits boutons blancs. Et enfin un arrêt et un point final, et la certitude (ressentie combien de fois déjà, et chaque fois à sa façon) que les charmes d'un corps de femme qui enflamment les sens sont comme les odeurs de cuisine — excitants quand on a faim, répugnants quand on est rassasié.

Quand je sortis, il faisait déjà jour. La cheminée de la maison voisine laissait échapper une chaleur transparente dans laquelle tremblotait un morceau de ciel. Les rues étaient vides, claires et sans soleil. On n'entendait pas les tramways. Seul, le gardien de boulevard, avec un ceinturon de lycéen — alors qu'il avait la barbe blanche — et une casquette au bandeau vert balayait le boulevard. Soulevant un lourd nuage de poussière qui retombait aussitôt, il avançait lentement vers moi, semblable à un compas, lui-même étant la partie fixe, et son balai, sur un manche très long — traçant des demi-cercles entre les gazons. Sur le sable, les tiges dures de son balai laissaient une suite infinie d'égratignures.

Je marchais et je me sentais si merveilleusement bien, si pur, que c'était comme si on m'avait lavé à l'intérieur. A la tour rose du monastère, les aiguilles dorées du triste cadran noir indiquaient cinq heures et quart moins une minute. Quand, après avoir traversé la place, j'entrai dans l'ombre humide du boulevard, de semblables aiguilles dorées, sur un pareil cadran noir, de l'autre côté de la tour, indiquaient exactement le quart. Et aussitôt se firent entendre des sons si minces et si dispersés qu'on aurait dit une poule se promenant sur une harpe.

Sept heures plus tard, je devais rencontrer Sonia et je sentis la joie et l'impatience de la revoir avec une force si fraîche, si reposée que je sus que je ne pourrais pas m'endormir. « C'est une trahison » me disais-je en me rappelant la nuit, mais alors que j'essayais sincèrement et avec insistance d'accrocher ce mot perfide ne serait-ce qu'à un quelconque des sentiments que j'éprouvais, alors que j'essayais de me l'imposer — décidément il n'y restait pas, il s'en décollait, glissait et se détachait de moi. Mais si ce n'est pas une trahison, qu'est-ce donc ? Si ce que j'avais fait n'était pas une trahison, cela voulait dire que mon essence spirituelle n'était nullement responsable de ma nature sensuelle, que ma sensualité, quelque malpropre qu'elle pût être, ne pouvait souiller ma spiritualité, que ma sensualité était ouverte à toutes les femmes, et ma spiritualité à Sonia seulement, et que le côté charnel, en moi, était en quelque sorte dissocié du côté spirituel. Je sentais, plutôt que je ne le savais, que dans tout cela il y avait une vérité — mais déjà une pensée pénible s'insinuait et je ne pouvais plus me détourner de l'image dans laquelle Sonia, que j'avais mise à ma place, faisait quelque chose de semblable, et qu'il lui arrivait la même chose qu'à moi cette nuit. Évidemment, je savais et je sentais que c'était absolument impossible, que rien de semblable n'avait pu et ne pourrait arriver à Sonia, mais justement cette conscience de l'impossibilité pour Sonia d'une aventure pareille voulait dire avec une évidente clarté que chez elle, une femme, la sensualité peut et doit même entacher la spiritualité, et que sa spiritualité féminine était pleinement responsable des fautes de ses sens. Il en résultait que chez elle, chez Sonia, chez la femme, le spirituel et le sensuel étaient fondus ensemble, et que les reconnaître irresponsables et scindés, comme chez moi — cela signifiait me briser la vie.

Je me représentais non pas Sonia, bien sûr, mais une autre jeune fille, une autre femme, d'une famille plus ou moins semblable à la mienne et qui serait, comme moi, amoureuse de quelqu'un avec la même extrême et exceptionnelle ardeur. La voilà qui rentre chez elle, voilà que dans la nuit du boulevard elle est rattrapée par quelque fat, elle ne le connaît pas, elle ne peut même pas voir pour de bon s'il est jeune, laid ou vieux, mais le voilà qui la saisit, il la pelote et l'embrasse d'une façon répugnante — et elle est déjà prête, elle consent à tout, elle va chez lui. Le matin, sans avoir seulement regardé avec qui elle a couché cette nuit, elle sort et, rentrant chez elle, non seulement ne se sent pas salie mais ressent une joie pure dans l'attente de l'homme dont elle est amoureuse. Un mot effrayant rejoint furtivement cette femme : putain. Et il en résultait quelque chose d'étrange. Il en résultait que si un homme faisait ça — c'était un homme. Et que si une femme faisait ce que faisait l'homme — alors c'était une putain. Et il en résultait encore que la division entre le charnel et le spirituel chez un homme était un indice de virilité, et que la séparation entre le spirituel et le sensuel chez la femme était signe de prostitution.

Je me mis à vérifier cette conclusion, inattendue pour moi. Me voilà, Vadim Maslennikov, futur juriste et, comme l'affirme le monde qui m'entoure, membre honorable et utile de la société. Et cependant — où que je sois, dans le tramway, dans un café, au théâtre, au restaurant, dans la rue, en un mot partout, partout — il me suffirait de voir une silhouette de femme, il me suffirait, même sans voir son visage, d'être séduit par le relief ou la maigreur de ses hanches — et déjà, si tout pouvait s'accomplir selon mes vœux, j'aurais traîné cette femme, sans lui dire seulement deux mots, vers le lit, vers un banc, quand ce ne serait sous une porte cochère. Et il est certain qu'ainsi j'agirais si les femmes me le permettaient. Mais cette séparation, en moi, des principes spirituel et sensuel, en raison de laquelle je ne voyais pas d'obstacles moraux à la satisfaction de semblables instincts — cette séparation même était justement la raison principale pour laquelle mes camarades me reconnaissaient de la virilité et de la gaillardise. S'il y avait eu, en moi, une fusion complète du charnel et du spirituel, je serais tombé éperdument amoureux de chaque femme qui m'aurait attiré sensuellement, et alors mes camarades, en se moquant continuellement de moi, m'auraient traité de bonne femme, de fillette, ou d'autre chose qui aurait exprimé leur mépris d'adolescent pour la féminité dont j'aurais fait preuve. Donc, dans mon moi d'homme, cette dissociation du spirituel et du sensuel était perçue par l'entourage comme un signe de vaillance et de crânerie.

Bon, mais si j'étais, avec ce même dédoublement,

non pas un lycéen mais une lycéenne, une jeune fille. Si, étant cette jeune fille et rencontrant un homme — dont parfois je n'aurais même pas vu le visage — j'étais troublée par la musculature de ses hanches, et cela de la même façon au café, dans le tramway, au théâtre, en un mot partout, partout, et (étant donné cette dissociation du spirituel et du sensuel ne trouvant en moi aucun obstacle à l'accomplissement de mes désirs), si sans mot dire j'allais aussitôt joyeusement, inciter et permettre qu'on me traîne vers un lit, un banc ou même sous une porte cochère, quelle impression produirait cette conduite sur mes amies, mon entourage, et même sur les hommes qui auraient eu affaire à moi ? Une telle conduite serait-elle commentée et perçue comme une preuve de gaillardise ? Cette seule pensée était risible. Il ne peut même pas faire de doute qu'aussitôt j'aurais été, par tous, publiquement marquée du sceau de l'infamie, comme une prostituée, et en outre non pas comme une prostituée victime du milieu ou des privations matérielles — celle-ci peut être disculpée —, mais comme une putain qui manifeste extérieurement des instincts bas, autrement dit pour laquelle il n'existe pas et ne peut exister d'excuses. Donc, il est juste et vrai que la séparation du spirituel et du sensuel chez un homme est signe de sa virilité, et la séparation du spirituel et du sensuel chez une femme est signe de sa prostitution. Et il suffirait que toutes les femmes, ensemble, se virilisent, pour que le monde, le monde entier, se transforme en bordel.

VII.

Pour un homme amoureux, toutes les femmes ne sont que des femmes, à l'exception de celle qu'il aime — elle est pour lui un être humain. Pour une femme amoureuse, tous les hommes ne sont que des êtres humains, à l'exception de celui qu'elle aime; pour elle, c'est un homme. Telle était la triste vérité qui s'imposait de plus en plus lors de mes relations avec Sonia. Cependant, ni ce jour-là, ni au cours de nos rencontres suivantes, je ne lui fis part de mes pensées.

Si avant de connaître Sonia je ne pouvais communiquer mes véritables impressions aux gens que je rencontrais sans détruire la teinte de crânerie qu'à tout prix je voulais garder à leurs yeux — je ne pouvais pas être sincère avec Sonia sans mutiler l'image du garçon rêveur qu'elle voulait avoir de moi.

Impossible de raconter mes sentiments, dans leur authenticité, à des camarades devant lesquels je tenais absolument à paraître comme un crâne gaillard. Je comprenais que les bravades résultaient d'une vision du monde joyeuse et superficielle. Il suffisait donc de présenter mes impressions d'une façon plus profonde et plus réfléchie pour qu'aussitôt les actes dont je me vantais deviennent répugnants, cruels, et absolument injustifiables.

Sonia était la première personne devant laquelle je n'avais pas à porter le poids de cette légèreté et de cet entrain de commande. Pour elle, j'étais tout simplement un garçon tendre et rêveur. Dès mon premier élan de franchise avec elle je sentis avec effroi que je ne devais pas, que je n'avais pas le droit, que je ne pouvais pas être sincère. D'un côté, je ne pouvais pas être sincère avec Sonia parce qu'il ne m'était pas possible, à moi le garçon rêveur, de lui parler de Zinotchka que j'avais contaminée, de mes relations avec ma mère que j'avais chassée de peur qu'elle, Sonia, la voie, ou enfin de l'argent avec lequel je payais un fiacre luxueux ou la glace qu'elle mangeait, et qui appartenait à ma vieille nounou. D'un autre côté, je ne pouvais pas être sincère avec Sonia, car même les tentatives de lui raconter ceux de mes actes qui ne montraient que les bons et nobles côtés de ma nature ne collaient pas : d'abord, il n'y avait pas du tout de bonnes actions dans ma vie; ensuite, au cas où j'aurais tout simplement inventé ces bonnes actions, je n'aurais eu aucun plaisir à les raconter; enfin, et c'était là l'essentiel, de tels récits de mes bonnes actions (étrangement, je le ressentais ainsi) n'auraient nullement contribué à ce rapprochement spirituel avec Sonia, qui justement était la principale raison de mon désir de franchise. Tout cela me tourmentait non parce que je me condamnais à la solitude spirituelle — j'y étais trop habitué pour qu'elle me pèse — mais à cause de l'indigence de nos conversations, lesquelles auraient pu contribuer à notre rapprochement et au développement de nos sentiments. Je comprenais que l'amour doit toujours croître, toujours bouger, que pour cette progression il doit recevoir des stimulations, semblable au cerceau d'enfant qui ralentit et tombe aussitôt qu'il a épuisé l'impulsion qui le faisait avancer. Je comprenais qu'heureux sont les amoureux qui, à cause des personnes hostiles ou des circonstances malencontreuses, sont privés de la possibilité de se voir souvent et longuement. Je les enviais, car je comprenais que leur amour grandit du fait des obstacles qui se dressent entre eux. Voyant Sonia tous les jours, restant avec elle des heures entières, j'essayais, comme je le pouvais, de la distraire, mais les paroles que je prononçais ne contribuaient ni au développement de nos sentiments, ni à notre rapprochement spirituel : mes paroles meublaient le temps, mais n'en tiraient pas parti. Il en résultait des moments vides qui d'une façon particulièrement pénible pesaient sur nous, lorsque, seule à seul, nous nous asseyions sur un banc, et, mû sans le vouloir par la crainte que Sonia ne remarque ou ne sente mes tristes efforts, je comblais par des baisers l'absence de plus en plus fréquente des paroles. Il arriva ainsi que les baisers remplacent les mots, reprenant la tâche de notre rapprochement et, de même que l'auraient fait des paroles, deviennent, au fur et à mesure de notre intimité, de plus en plus francs. Pourtant, en embrassant Sonia, et par la seule conscience qu'elle m'aimait, j'éprouvais une trop tendre adoration, une trop profonde émotion de l'âme pour éprouver du désir. Je ne pouvais m'empêcher de comparer mes relations passées avec les femmes des boulevards et celle, actuelle, qui me liait à Sonia : alors qu'autrefois, n'éprouvant que de la sensualité, je faisais semblant, pour plaire à la femme, d'être amoureux, maintenant, n'éprouvant que de l'amour, je feignais la sensualité pour plaire à Sonia. Mais lorsque, enfin, même nos baisers épuisèrent cette possibilité de rapprochement et me conduisirent tout contre l'extrême limite permise d'union des corps, dont le franchissement (me semblait-il) annonçait la plus haute intimité spirituelle offerte à l'homme sur terre — alors, m'étant décidé, je demandai à Yag de me prêter sa chambre pour quelques heures afin d'y rencontrer Sonia et d'y rester avec elle.

Cette nuit-là, après l'avoir raccompagnée, j'expliquai à Sonia déjà près du portail que le lendemain nous serions chez Yag, et qu'après nous y resterions seuls, qu'il n'y avait « rien de mal à cela », que Yag était un brave type et mon ami le meilleur et le plus dévoué — cette nuit, quand, en réponse à mes assurances, Sonia ne prononça que son oh-oh-oh, composant son museau de renard et ses yeux chinois — cette nuit, en rentrant chez moi, j'étais rempli de bonheur non pas en prévision des joies corporelles qui m'attendaient le lendemain, mais devant cette définitive possession spirituelle de Sonia qui devait résulter de notre intimité physique.

VIII.

Le long d'un escalier très large qui montait en demi-cercle, blanc et clair avec une verrière à la place du toit, dans le silence d'une ambiance d'affaires qui m'impressionnait, Yag nous conduisit dans sa chambre à travers une salle sonore où les fauteuils, le piano et le lustre étaient recouverts de housses blanches. Dehors, il faisait encore jour, mais dans la chambre de Yag, non exposée au soleil couchant, la lumière était crépusculaire, et par la porte ouverte du balcon on voyait les piliers pansus de la balustrade aux contours soulignés de reflets orange.

« Non, dit Sonia, lorsque Yag, se précipitant derrière un fauteuil de velours framboise, noir dans l'usure des plis, en saisit le dossier avec tant de résolution qu'il semblait prêt à le rouler de force sous Sonia, non, dit Sonia, allons là-bas, là-bas c'est merveilleux. » Et elle désigna de la tête la direction du balcon. « C'est possible, n'est-ce pas ? » demanda-t-elle alors que Yag, ayant aussitôt saisi un guéridon, le traînait déjà vers le balcon avec sa nappe en dentelles, des gâteaux secs, une liqueur verte dans un flacon de cristal et des petits verres rouges renversés qui ressemblaient à des fez turcs. « Mais bien sûr ! Sophia Petrovna », Yag se retourna vers elle tout en tenant le guéridon, et le posa même pour écarter les bras.

Sur le balcon, le soleil couchant – bombé comme le

jaune d'un œuf cru et qui, bien qu'il eût accroché le toit, restait entièrement visible comme s'il brûlait ce toit de part en part — coloria les visages en rouge pivoine.

« Permettez-moi de vous servir, Sophia Petrovna, la petite liqueur est extra, disait Yag après nous avoir fait asseoir, remplissant les petits verres rouges, le coude soutenu par l'autre main et faisant un fracas énorme sur le fer-blanc bombé qui recouvrait le plancher du balcon. Je peux dire que je ne savais même pas que vous vous voyiez, Vadim et vous, alors que, semble-t-il, vous êtes devenus amis. Veuillez goûter, je vous en prie. » Et ayant reçu de Sonia un signe de tête en remerciement il s'assit sur le bord de la chaise, posa la carafe sur ses genoux et la tint par le goulot — tout à fait comme un violoniste qui se repose.

Sonia, avec un verre rouge près d'un visage rouge, souriait de ses yeux baissés comme si elle l'encourageait. « Allons, vas-y, dis encore quelque chose. »

« C'est que, Sophia Petrovna, prononça Yag en voyant son sourire — cette nuit-là, vous nous avez, pour parler délicatement, foutus à la porte en cinq sec et, à vrai dire, on ne l'avait pas volé. Mais... moi, je n'aurais même plus osé vous saluer. Et cependant, voyez-vous, tout à coup, quelle affaire...

— Quelle affaire ? demanda Sonia, et elle sourit à son verre.

— Eh bien, celle-là même — et Yag fit le geste de soupeser quelque chose en le faisant rebondir dans la paume de sa main. En un mot, je ne sais pas du tout comment Vadim a arrangé tout cela. Vous a-t-il téléphoné, vous a-t-il écrit une lettre ? Quant à moi, après cette nuit-là, je n'aurais pas osé ! »

Le verre près des lèvres et pendant qu'elle avalait

encore, Sonia fit un hum de protestation, comme si elle s'étranglait, un geste de la main, puis sans détacher ses lèvres du verre se pencha vers la table pour le poser.

— Mais rien de semblable, dit-elle en riant, les lèvres encore humides. Où avez-vous pris tout cela ? C'est simplement moi qui le lendemain lui ai envoyé un mot et des fleurs.

— Des fleurs ? demanda Yag.

— Aha, approuva Sonia.

— A lui ? demanda Yag en dégageant le pouce de son poing et en l'inclinant fort de mon côté.

— A lui ? l'imita Sonia en regardant déjà au-delà de Yag, droit dans mes yeux. Son regard perçant dans un visage souriant (on regarde ainsi quand, pour rire, on fait peur à un enfant) semblait vouloir me dire : « C'est l'amour qui m'avait alors forcée de faire ce que je raconte maintenant; c'est l'amour qui me force maintenant à raconter ce que j'avais fait alors. »

Pendant quelque temps Yag se tut, regardant tantôt moi (et je lui répondais par un sourire bête et heureux), tantôt Sonia. Mais, peu à peu, ses yeux, d'abord dilatés par l'aveu de Sonia, devinrent absents par suite d'un effort intérieur, puis rusés.

— Permettez, cependant, Sophia Petrovna, dit-il et, ayant saisi son verre et absorbé une gorgée de liqueur, fit un mouvement de rinçage comme si c'était de l'eau dentifrice qu'il était sur le point de recracher, permettez. Vous avez bien dit des fleurs, un mot, tout ça. Oui, mais l'adresse, l'adresse, comment ? Ou alors, vous la connaissiez déjà avant ? Non ? redemanda-t-il, interprétant avec une incertitude interrogative le sourire de Sonia. Mais, dans ce cas, comment, comment ?

— C'est très simple, dit Sonia, écoutez-moi donc.

Je ne savais absolument rien ni de vous, ni de Vadim, mais rien, pas un traître mot. Voilà comment j'ai tout tiré au clair : le lendemain matin, de très bonne heure, j'ai fait venir Nelly, je lui ai passé un savon et je l'ai prévenue que, si un pareil scandale se reproduisait encore une fois, rien qu'une fois, je les chasserais immédiatement. Comment peut-on — mais c'est impensable ! — amener avec soi, et quand ? la nuit ! — et où ? dans mon appartement ! — et qui ? des hommes étrangers ! Ah ! Ah ! Qu'est-ce que vous en dites ? Non, mais qu'est-ce que vous en dites ? Et qui peut vous garantir que ce ne sont pas des malfaiteurs ? Mais qu'est-ce que je dis, il est même certain que c'étaient des malfaiteurs. Et pourquoi vous en doutez ? Est-ce que vous les connaissez ? Et qu'est-ce que vous en connaissez ?

— Cependant, permettez, Sophia Petrovna, l'interrompit Yag, mais cette Nastiou... Nelly, ne connaissait ni les noms ni les adresses.

— C'est vrai, confirma Sonia. En revanche elle savait que l'un de vous, celui qui portait une tunique d'étudiant, s'appelait Vadim, et celui qui était en civil Yag. En plus, l'année dernière, quand elle travaillait chez Mür, elle vous voyait souvent tous les deux, et avec cela vous portiez, tous les deux, un uniforme bizarre, selon son expression : très ressemblant à celui d'étudiant, sauf que les boutons n'étaient pas dorés mais argentés, et sans aigles. Nelly ne savait rien d'autre sur vous, mais cela me suffisait. D'abord, je savais que celui qui m'intéressait s'appelait Vadim, ensuite l'uniforme du lycée, si ressemblant à celui d'étudiant, avec la différence indiquée des boutons m'était connu : le petit garçon de ma cousine fréquente ce lycée. Troisièmement, il était clair que si quelqu'un portait encore, l'hiver dernier, l'uniforme du lycée et maintenant, l'été, arbore la tunique d'étudiant, c'est qu'au printemps il a terminé ses études secondaires. Dans l'annuaire du téléphone j'ai trouvé l'adresse du lycée et je m'y suis fait conduire. Il n'y avait là que le portier qui, après qu'on eut brièvement élucidé nos relations, m'a procuré la liste des élèves ayant terminé leurs études au printemps. J'ai eu de la chance : sur les dix-huit personnes reçues il n'y avait qu'un seul Vadim. C'est ainsi que j'ai su son nom, et le portier m'a aussitôt trouvé l'adresse.

— F-f-f-ormidable ! s'exclama Yag avec admiration. Mais, comme pour le libérer de la nécessité de quelque louange que ce fût, Sonia, approchant son poignet de l'oreille, écouta, puis jeta un regard à sa montre-bracelet. Et, profitant du fait qu'elle était occupée, le regard de Yag me lança le signal d'alerte : « Bon, je m'en vais tout de suite. »

Le soir était tout à fait tombé et se faisait venteux quand Yag se retira. Au coin de la rue la poussière se souleva en arc, et lorsqu'elle s'abattit en petite tempête enroula un bout de nappe, fit fermer les yeux d'une grimace, s'en alla plus loin et disparut, les dents grinçaient comme sur du sucre, et d'en haut, comme venant du toit, voletait, en papillon couleur banane, une feuille d'automne qui tombait, tombait dans l'air apaisé, et à la fin, déjà tout à fait au-dessus de la table, faisant de lentes culbutes, tomba dans un verre rouge, imitant une plume d'oie dans un sablier.

Tout à coup je regrettai que Yag fût parti, comme si, de ce balcon, on avait enlevé cette surprise d'un autre devant mon bonheur, si agréable pour moi, comme si mon bonheur était un costume neuf qui perd une partie de ses agréments quand on ne peut le porter en public. Sonia se leva, traversa le balcon et s'assit à mes côtés. « Hou ! le méchant ! » dit-elle et elle se composa un museau renfrogné et espiègle, la maussaderie me représentant, moi, et l'espièglerie — son attitude envers ma maussaderie. Et peureusement, tout à fait comme un enfant qui taquine un chien, de son index tendu, elle sillonna de haut en bas mes lèvres qui se mirent à produire des claquements si sonores et si joyeux qu'aussitôt j'éclatai de rire. « Eh bien, c'est comme cela même, dit Sonia, par le fait que tu éclateras de rire ou que tu écarteras méchamment ma main que dans l'avenir je connaîtrai toujours tes sentiments. »

Cependant, la nuit tombait vite et le vent, devenant plus fort, semait l'inquiétude. Là-bas où le soleil était tombé, au-dessus du toit noir de la maison, on voyait un mince liséré mandarine. Mais déjà un peu plus haut il faisait sombre, et les nuages, comme des flots d'encre versés dans l'eau, roulaient dans le vent et si vite que, lorsque je dressais la tête, le balcon avec la maison se mettaient à avancer sans bruit, menaçant d'écraser la ville entière. Derrière le coin de la rue, les feuilles des arbres bruissaient comme la mer; puis, au moment de la plus haute tension de ce bruit humide, quelque chose, dans les branches sans doute, se brisa, aigu, et aussitôt, quelque part tout près, une vitre cassa, et dans le silence tombé pour un instant le verre de la fenêtre éclata, sonore, contre la chaussée.

— Pouah, dit Sonia, c'est vilain ici. Allons-nous-en.

Après le balcon, il faisait, dans la chambre de Yag, silencieux et étouffant, comme si on avait entretenu le chauffage. A travers les portes du balcon on voyait, sortant de l'obscurité, la nappe blanche s'agiter comme un mouchoir d'adieu à la gare. Tenant Sonia sous le bras, je commençai seulement à chercher l'interrupteur en tâtant le papier peint qui bruissait, sec et sifflant, mais la main de Sonia me retint doucement. Alors, l'enlaçant et la serrant contre moi, me dirigeant vers une colonne qui dans l'obscurité paraissait légèrement blanche et comme aplatie, et derrière laquelle il me semblait que se trouvait un canapé, je conduisis Sonia, le dos en avant, marchant maladroitement sur la pointe de ses souliers.

Mais, tout en avançant dans l'obscurité en serrant Sonia contre moi, et malgré tous les efforts pour éveiller un acharnement viril et animal dont j'avais tellement besoin tout de suite, à la minute même — je prévoyais déjà mon déshonneur avec désespoir et une effroyable lucidité, parce que même maintenant, là, dans la chambre de Yag, dans ces minutes décisives, les baisers de Sonia et sa proximité me rendaient trop tendre, trop sensible pour être sensuel. Que faire, mais que vais-je faire, que vais-je faire, pensais-je, désespéré, ayant conscience que Sonia était une femme qu'il fallait prendre spontanément et aussitôt, et qu'il fallait le faire exactement comme ça non parce qu'elle pouvait opposer de la résistance, mais parce que si j'osais réveiller ma sensualité, à ce moment décrépite, à l'aide d'un long processus d'attouchements malpropres — j'aurais, tout en sauvant mon amour-propre de mâle, détruit une fois pour toutes la beauté de nos relations. Cependant, nous étions déjà tout près de la colonne. Alors quoi faire, que dois-je faire, me répétais-je, pensant avec désespoir qu'à l'instant même une telle honte allait se produire, une honte après laquelle on ne peut plus vivre, tout en me rendant compte que c'était justement cette appréhension de la honte qui me privait de la dernière chance d'exciter en moi le côté animal capable de l'éviter. Et c'est seulement à la dernière seconde, lorsque, comme dans un gouffre noir nous nous écroulâmes sur le canapé qui gronda vulgairement de tous ses ressorts — que j'imaginai une issue de secours et, comme je l'avais vu faire au théâtre, je me mis à râler distinctement et, essayant d'arracher mon col de drap très serré, je gémis : « Sonia. Je vais mal. De l'eau. »

IX.

Moscou, 1916. Septembre

Mon cher, mon aimé Vadim !

Il m'est pénible d'y penser, et j'en ai le cœur gros, mais c'est tout de même la dernière lettre que je t'adresse. Depuis cette soirée (tu sais à laquelle je fais allusion) nos relations sont devenues très pénibles. Des relations de ce genre, une fois établies, ne peuvent jamais rebrousser chemin et redevenir ce qu'elles avaient été; c'est même pis que cela : plus elles durent, plus les deux parties mettent d'insistance à simuler l'ancienne intimité, plus fort se fait sentir cette horrible hostilité qui n'existe jamais entre des étrangers, mais s'installe entre des gens qui furent très proches. Dans ce genre de relations, il suffirait que l'un dise à l'autre la vérité, toute la vérité, tu comprends, une vérité totale — et aussitôt cette vérité deviendrait une accusation.

Exprimer avec une parfaite sincérité sa répugnance pour ce mensonge d'amour, n'est-ce pas obliger l'autre soit à le reconnaître tacitement, et alors tout est fini, soit, par crainte de cette fin, à mentir doublement, pour soi et pour celui par qui cette vérité a été dite? Et voilà, je t'écris pour dire cette vérité, et je te demande, je te supplie, mon chéri, ne mens pas, laisse cette lettre sans réponse, sois vrai avec moi ne serait-ce que par ton silence.

D'abord, en ce qui concerne ta prétendue syncope chez Yag. (Il me vient à l'esprit que syncope a quelque chose de commun avec singerie.) C'est là, à vrai dire, que tout a commencé — plus précisément, cela a commencé parce que je n'ai pas cru à ce malaise qui m'apparut immédiatement comme une façon de sortir d'une situation désagréable pour ton amour-propre et outrageante pour mon amour. Je remarquerai en passant que cette explication pouvait parfaitement englober ma première supposition — que tu étais peut-être malade –, supposition que j'ai aussitôt rejetée comme impropre (non pas impossible, mais erronée).

Tu sais, je t'ai soigné pendant cette soirée comme j'ai pu, je t'apportais tantôt de l'eau, tantôt une serviette humide, j'étais tendre avec toi, mais tout cela n'était déjà que mensonge. Je pensais déjà à toi à la troisième personne, dans mes pensées tu étais déjà devenu « lui », je ne m'adressais plus directement à toi, c'était comme si je parlais de toi avec quelqu'un d'autre, avec quelqu'un qui m'était devenu plus proche que toi, et ce « quelqu'un » était ma raison. C'est ainsi que je te suis devenue étrangère. Mais alors, la nuit, je mentais, je n'ai pas dit, je ne pouvais te dire la vérité que je t'écris maintenant : j'étais outragée. Lorsqu'on insulte un autre, l'insulte peut être de deux sortes, préméditée ou involontaire. La première n'est pas terrible : on y répond par une dispute, une injure, une claque, un coup de revolver et, quelque grossier que ce soit, cela aide toujours, et l'insulte portée volontairement se lave facilement, comme la crasse dans les bains. Par contre, horrible est l'insulte que l'on a infligée sans le vouloir, sans le chercher du tout : elle est horrible justement parce qu'en y répondant par une dispute, une injure ou même, simplement, en réagissant par un air vexé, non seulement tu ne l'affaiblis pas, mais, au contraire, tu t'insultes toi-même jusqu'à l'insupportable. L'insulte portée involontairement a justement ceci de particulier que non seulement on ne peut y répondre, mais qu'au contraire il faut de toutes ses forces montrer (oh ! que c'est dur) qu'on ne s'est aperçu de rien. Et voilà pourquoi je ne t'ai rien dit et pourquoi je mentais durant cette soirée.

Mille fois je me suis posé la question et je ne pouvais pas, non, je ne voulais pas trouver de réponse. Mille fois je me suis posé la question — que s'est-il passé — et mille fois j'ai reçu la même réponse : il n'a pas voulu de toi. Et je m'inclinais devant l'évidence de cette réponse, devant le fait qu'elle était unique — et tout de même je ne comprenais pas. Bon, me disais-je, il n'a pas voulu de toi, mais alors pourquoi, dans ce cas, a-t-il fait tout cela ? Pourquoi a-t-il organisé notre rencontre chez Yag, pourquoi a-t-il agi de sorte que son attitude et ses actions l'obligent à me prendre, et cependant ne l'a pas fait. Pourquoi ? Il n'y avait qu'une réponse : probablement parce que sa volonté consciente me désirait, alors que son corps, contrairement à sa volonté et la contrecarrant, s'est détourné de moi avec dégoût. En y pensant, j'éprouvai exactement ce que doit éprouver le pestiféré qu'un frère chrétien embrasse sur les lèvres et qui voit ce frère chrétien vomir aussitôt après le baiser. Dans tes actions, Vadim, je constatais exactement la même chose : d'un côté, l'élan de ta volonté consciente, qui te justifiait pleinement, et de l'autre, le refus de ton corps dégoûté, qui m'outrageait particulièrement. Ne m'accuse pas, Vadim, et comprends que toutes les considérations raisonnées qui incitent à la possession d'une femme sont pour elle profondément insultantes, indépendamment du fait qu'elles sont dictées par des pensées charitables, donc hautement spirituelles, ou salement mercantiles. Oui. Une déraison accomplie raisonnablement, c'est une bassesse.

Mon mari devait rentrer le lendemain. Tu sais — je t'en avais parlé, n'est-ce pas ? — que, quelles que fussent les tortures qui m'attendaient, j'allais lui dire tout ce qui s'était passé entre-temps, honnêtement et en ami. Mais je ne l'ai pas fait. Après cette nuit, je ne me croyais pas en droit de le faire. Bien plus, j'avais ressenti pour mon mari une sorte de nouvelle tendresse reconnaissante qui nous rapprochait. Oui, Vadim, c'était ainsi, et tu dois et tu peux le comprendre. Car, pour le cœur d'une femme pestiférée, le baiser sensuel d'un Noir est plus précieux que le baiser chrétien d'un missionnaire qui surmonte son dégoût.

Ensuite tu es venu chez nous en invité, comme un étranger. Naturellement, je comprenais que tu ne te sentais pas du tout étranger, que tu faisais seulement semblant, et que tu étais sûr de ne pas être un étranger pour moi, mais tout ce qu'il y a de plus proche. Je savais que tu le pensais et je savais aussi à quel point tu te trompais — et tu sais, Vadimouchka, j'ai eu, tout à coup, tellement pitié de toi, j'ai tellement eu pitié de toi pour cette certitude qui était la tienne, et j'ai tellement eu mal pour toi...

Mon mari, à qui je t'avais présenté et à qui tu avais plu — cela se voyait —, me prit par le bras et, avec son manque de tact habituel, t'emmena visiter notre appartement.

Je dois te dire que mon mari n'est pas jaloux. L'absence, en lui, de sentiment de jalousie s'explique par un excès d'assurance et par un manque d'imagination. Cependant, ces mêmes sentiments qui l'empêchent d'être jaloux l'auraient incité à une extrême cruauté s'il avait appris ma trahison. Mon mari ne doute absolument pas que lui, et lui seul, représente cet axe autour duquel se fait la rotation de tous les autres êtres humains. Il n'est nullement capable de sentir que décidément tout être vivant pense de la même façon et que du point de vue de chacun — lui, mon mari, cessant d'être l'axe autour duquel se fait la rotation, commence à son tour ce mouvement giratoire. Mon mari reconnaît et comprend le moi humain comme un centre, comme le nombril du monde, mais limite la présence d'un tel moi à lui-même. Tous les autres n'ont pas de « moi », et ne peuvent en avoir. Pour lui, tous les autres sont « toi », « lui », et plus généralement « eux ». De cette façon, tout en qualifiant son « moi » de hautement humain, mon mari ne comprend pas du tout qu'en réalité ce moi qui lui appartient est un moi purement animal, qui est, peut-être, admissible chez un boa qui étrangle un lapin, ou chez un lapin que le boa dévore. Mon mari ne comprend pas que la différence entre le moi animal et le moi humain se situe dans le fait que pour une bête reconnaître un autre moi que le sien équivaut à la reconnaissance de sa défaite, résultant de la faiblesse de son corps et donc de sa nullité, tandis que, pour un être humain, reconnaître le moi d'un autre c'est fêter la victoire résultant de la puissance de son âme et, donc, de sa grandeur. Tel est mon mari, et c'est vraiment dommage que les choses tournent de telle sorte que je reste avec lui. Le coup porté à sa stupidité par l'annonce de ma trahison et de ma préférence pour quelqu'un d'autre lui aurait été utile.

En te montrant l'appartement, nous nous sommes approchés enfin de notre chambre à coucher. Tu te rappelles comme je résistais, je ne voulais à aucun prix ouvrir la porte, et comment mon mari, fâché et ne comprenant rien, a tout de même ouvert la porte, m'a poussée à l'intérieur, puis, te laissant passer, a dit : « Entrez, entrez, c'est notre chambre — vous voyez, tout est en acajou. » Tu as jeté un regard, tu as vu le lit défait, épouvantablement bouleversé, là, à neuf heures du soir, et tu as compris. Je sais : en cet instant, debout dans notre chambre, tu as éprouvé et la jalousie et la douleur et l'amertume d'un amour bafoué et profané. Je savais que tu éprouvais tous ces sentiments. Mais j'appris plus tard seulement qu'à cet outrage à ton amour a correspondu la naissance de ton désir. Comme c'est dommage que je ne l'aie su que trop tard !

J'ai continué à te voir en cachette de mon mari, mais ces rencontres n'étaient plus ce qu'elles étaient auparavant. Chaque fois tu m'emmenais dans un bouge quelconque, tu arrachais mes vêtements et les tiens, et tu me prenais chaque fois plus grossièrement, plus impitoyablement, plus cyniquement. Ne me reproche pas de t'avoir permis de le faire. Ne dis pas que tu me procurais ne serait-ce qu'une minute de joie. Je supportais cette dépravation comme le malade supporte son médicament : il pense à sauver sa vie, moi je pensais sauver mon amour. Les premiers jours, tout en ayant remarqué, tout en ayant compris que ta sensualité s'échauffait au fur et à mesure que refroidissait ton amour, j'espérais encore, j'attendais encore quelque chose. Mais hier, hier j'ai senti, j'ai compris qu'il n'y avait même plus, en toi, de désir, que tu étais rassasié, que j'étais de trop, que cela ne devait plus continuer. Tu te rappelles que, hier, une fois montés dans un réduit des plus sales à l'hôtel, tu ne m'as même pas embrassée, ni enlacée, tu n'as pas dit une parole de bienvenue : sans un mot, avec le calme d'un fonctionnaire à son travail, tu as commencé à te déshabiller. Je te regardais, je regardais comment, debout devant moi, en sous-vêtements qui, excuse-moi, n'étaient pas très nets, tu pliais soigneusement ton pantalon, comment, ensuite, t'approchant du lavabo, tu as décroché la serviette et l'as mise, avec prévoyance, sous l'oreiller, et comment après — après tout le reste, sans te gêner et même sans te détourner, tu t'es essuyé et, m'ayant proposé de faire la même chose, tu as tourné le dos et allumé une cigarette. « Et alors, me demandais-je, est-ce là cet amour pour lequel je suis prête à tout abandonner, à mutiler et à briser ma vie ? » Non, Vadim, non, mon chéri, ce n'est pas de l'amour, c'est de la boue, trouble, abjecte. Cette boue se trouve dans ma maison avec une telle abondance que je ne vois pas la nécessité de la transporter de la chambre à coucher conjugale où « tout est en acajou » dans la chambre moisie d'un bouge. Et même si cela te paraît cruel je veux te dire encore que, dans le choix entre toi et mon mari, à présent, je donne la préférence non seulement à l'environnement, mais aussi aux personnes. Oui, Vadim, dans le choix entre toi et mon mari, en dehors de tout environnement, je préfère mon mari. Comprends-le. L'érotisme de mon mari est le résultat de son indigence spirituelle : elle est chez lui constitutive, donc elle n'est pas outrageante. Quant à ton attitude envers moi — c'est une espèce de chute continuelle, une espèce d'appauvrissement précipité des sentiments, qui m'humilie d'autant plus douloureusement que grande était leur richesse dans le passé.

Adieu, Vadim. Adieu, mon aimé, mon cher garçon. Adieu, ma chimère, ma légende, mon rêve. Crois-moi, tu es jeune, toute ta vie est devant toi, et tu seras encore heureux. Adieu donc.

COCAÏNE

I.

On ne pouvait plus s'allonger sur la planche d'appui gris foncé de la fenêtre, en pierre veinée comme du marbre dont le bord entaillé permettait d'aiguiser les canifs. On ne pouvait plus, couché sur l'appui de fenêtre et allongeant le cou, apercevoir la cour longue et étroite, et son passage d'asphalte — avec le portail en bois, toujours fermé, dont le portillon pendait sur le côté comme alourdi de fatigue, sur un gond rouillé; les locataires trébuchaient contre le barreau inférieur sur lequel ils se retournaient ensuite avec un regard injurieux. C'était l'hiver, la fenêtre était calfatée avec un mastic d'une appétissante couleur crème; entre les montants de la double fenêtre une ouate arrondie était posée, deux verres étroits et hauts, contenant un liquide jaune, y étaient enfoncés — et en approchant, par habitude, comme l'été, de la fenêtre où, par en dessous, soufflait une chaleur sèche, on sentait particulièrement cet isolement de la rue qui (suivant l'humeur du moment) provoquait un sentiment de confort ou le cafard. Maintenant, on ne voyait, de ma petite chambre, que le mur voisin avec, figées contre les briques, des coulées grises de chaux, et en bas cet endroit clos d'une palissade que notre portier Matveï appelait pompeusement « jardin des maîtres », alors qu'il suffisait de jeter un regard sur ce jardin et sur ces maîtres pour comprendre que le respect particulier avec lequel Matveï en parlait n'était qu'une manière de rehausser sa propre dignité aux frais de la magnificence des personnes dont il était le subordonné.

Au cours des derniers mois, le cafard avait été particulièrement fréquent. Alors, restant longtemps près de la fenêtre, tenant dans la fronde des doigts une cigarette qui du côté de son bout mandarine laissait sortir une fumée très bleue, et du côté du carton une fumée gris sale, j'essayais de compter les briques du mur voisin, ou bien, le soir, ayant éteint la lampe en même temps que le reflet noir de la chambre dans la vitre aussitôt éclaircie, je m'approchais de la fenêtre et, levant la tête, je regardais longtemps la neige qui tombait, épaisse, jusqu'à ce que je me mette à monter, comme en ascenseur, à la rencontre des cordages immobiles de flocons. D'autres fois encore, après avoir erré sans but dans le couloir, j'ouvrais la porte, je sortais dans l'escalier froid et, me demandant à qui je pourrais bien téléphoner tout en sachant que je n'avais décidément personne à appeler, je descendais vers le téléphone. Là, près de la porte dite d'apparat, les bottes posées sur la barre du tabouret, le roux Matveï étais assis, dans son manteau de drap bleu tiré en arrière et plissé en accordéon dans le dos, coiffé d'une casquette au bandeau doré. Comme s'il venait de les cogner très fort, il caressait ses genoux de ses mains énormes, et de temps en temps il renversait la tête, ouvrait effroyablement la bouche qui découvrait une langue tremblotante et, bâillant, émettait un mugissement triste, dont la tonalité montait d'abord vers les aigus — a-o-i, puis revenait — i-o-a. Ayant bâillé, les yeux encore somnolents, pleins de larmes, il hochait la tête avec réprobation, puis, comme pour se laver, frottait son visage avec ses mains, si fort qu'il semblait vouloir se donner de l'énergie. Abandonnant Matveï à ses bâillements, les habitants de la maison évitaient dans la mesure du possible d'avoir recours à ses services, et depuis de longues années déjà des sonnettes, reliant la cabine téléphonique à tous les appartements, avaient été installées, pour qu'en cas d'appel Matveï pût se contenter d'appuyer sur le bouton correspondant.

L'appel convenu pour que je descende répondre au téléphone était une sonnerie longue et angoissante qui, surtout ces derniers mois, avait pris pour moi une joyeuse et troublante signification. Cependant, les appels devenaient de plus en plus rares.

Yag était amoureux. Il s'était lié avec une femme de type espagnol, plus très jeune, et qui, on ne sait pourquoi, me détesta dès la première rencontre, si bien que nous nous voyions rarement.

Plusieurs fois j'essayai de rencontrer Bourkevitz, puis laissai décidément tomber, ne trouvant plus de langage commun avec lui qui était devenu révolutionnaire : il fallait parler soit en s'indignant, civiquement, des péchés des autres, soit en confessant les siens, contre le bien-être du peuple; alors que j'étais habitué à exprimer mes sentiments avec cynisme ou, à la rigueur, sous une forme humoristique, Bourkevitz appartenait justement à l'espèce de gens qui, à cause de leur idéal, condamnent et l'humour et le cynisme — l'humour parce qu'ils y voient du cynisme — et le cynisme parce qu'ils n'y trouvent pas d'humour.

Il ne restait que Stein, et de temps en temps il me téléphonait, m'invitait chez lui à passer un moment et je répondais toujours à ses invitations. Il habitait une maison luxueuse, avec des escaliers de marbre aux tapis rouge framboise, un portier d'une prévenance raffinée et un ascenseur dont la cabine parfumée s'envolait très haut avec le choc inattendu et toujours désagréable de l'arrêt quand, pendant un instant, le cœur continue de monter et retombe. Aussitôt que la femme de chambre m'avait ouvert l'énorme porte laquée blanc, aussitôt que j'étais saisi par le silence et les odeurs de cet appartement très grand et très luxueux, Stein accourait à ma rencontre comme s'il était terriblement pressé par des affaires et, me prenant par le bras, m'emmenait rapidement dans sa chambre.

M'ayant fait asseoir, mais ne s'asseyant jamais lui-même, Stein commençait aussitôt à fureter dans les armoires, fouillait les poches de ses costumes, souvent même il courait dans l'antichambre pour inspecter sans doute les poches de ses pardessus et de ses pelisses. Lorsque tout était sorti, lorsque tout était examiné, Stein, calmé parce que rien n'avait été égaré, étalait les objets de ses recherches devant moi, sur la table. C'étaient de vieux billets de théâtre, des cartes d'invitation, des affiches de spectacles, de concerts et de bals, en un mot des témoignages tangibles de sa présence à tel ou tel endroit — dans tel théâtre, à telle première, à tel rang, et surtout du prix qu'il avait payé pour tout cela. Guidé dans l'étalage des choses par l'importance croissante de leur prix, Stein, plissant les yeux d'un air las, comme pour surmonter sa fatigue, afin d'exécuter honnêtement un devoir extrêmement ennuyeux, commençait son récit.

Ne spécifiant jamais, même d'un seul mot, si les acteurs avaient bien ou mal joué, si la pièce était intéressante ou non, si l'orchestre ou le soliste étaient bons, ni en général quels sentiments lui avait inspirés ce qu'il avait vu ou entendu, Stein racontait seulement (et cela dans les moindres détails) quel était le public, qui de ses connaissances il avait rencontré, à quel rang ils étaient assis, avec qui se trouvait, dans une loge, la maîtresse du boursier A, ou à quelle place et avec qui était assis le banquier B, à quelles personnes lui, Stein, avait été présenté, combien ses nouvelles connaissances avaient fait de bénéfices annuels (Stein ne disait jamais « gagné »), et il était évident que, tout comme notre portier Matveï, il croyait avec une parfaite sincérité qu'il s'élevait à mes yeux en fonction des revenus et de la haute situation de ses relations. Ayant tambouriné tout cela avec une paresseuse fierté, et ayant fait remarquer combien il avait été difficile d'obtenir un billet, et ce qu'il avait fallu donner au revendeur, Stein se penchait enfin au-dessus de moi et soulignait avec l'ongle soigné de son grand doigt le prix élevé payé à la caisse. Là, il se taisait, et par ce silence mobilisant mon attention, écartait les bras, penchait sa tête vers l'épaule et me souriait d'un sourire piteux qui signifiait que le prix démesuré du billet l'amusait tellement, lui Stein, qu'il n'avait même pas la force de s'en indigner.

Quelquefois, quand j'arrivais chez lui, il était debout sur ses jambes extrêmement longues, dans un état de hâte fébrile : il se rasait, se précipitait à chaque instant dans la salle de bains, en sortait en courant, s'apprêtant pour aller quelque part — à un bal, ou en visite, ou à un concert — et il était bizarre qu'il ait éprouvé le besoin de m'appeler par téléphone. Dispersant les affaires nécessaires ou non pour cette soirée, il me les montrait — il y avait là des bretelles, des chaussettes, des mouchoirs, des parfums, des cravates —, et m'indiquait au passage leur prix et l'endroit où il les avait achetées.

Lorsque, tout à fait prêt, en pelisse de drap soyeux, un chapeau pointu de castor sur la tête, fronçant son visage roux à cause du cigare qu'il venait d'allumer et qui lui mangeait l'œil, relevant la tête devant la glace et tâtant de la main son cou rasé et poudré (en se regardant dans la glace Stein abaissait toujours les coins des lèvres, comme un poisson), il disait brusquement : « Eh bien, allons-y. » Détournant ses yeux de la glace avec une visible difficulté, il allait rapidement vers la porte et dévalait l'escalier — dont le tapis cliquetait doucement — à une telle vitesse que j'avais du mal à le rattraper. Je ne sais pourquoi, mais dans cette course derrière lui dans l'escalier il y avait quelque chose de terriblement vexant, humiliant, dégradant. En bas, devant la porte d'entrée un fiacre de luxe l'attendait; Stein me disait au revoir, déjà sans aucun intérêt pour moi, me tendait une main molle, la retirait aussitôt, et, s'étant détourné, montait en voiture et partait.

Je me rappelle qu'un jour je lui avais demandé de me prêter de l'argent — une bagatelle, quelques roubles. D'un geste arrondi et plissant un œil comme contre la fumée (alors qu'à ce moment il ne fumait pas), sans dire un mot, Stein tira de sa poche latérale un porte-billets en soie à veinules et en sortit un billet de cent roubles, neuf et crissant. « Est-ce qu'il va m'en donner ? » pensai-je et, bizarrement, bien que j'eusse grand besoin d'argent, je me sentis déçu. Comme si en ce court moment j'avais acquis la certitude que la bonté manifestée par un salaud déçoit autant que la bassesse commise par un homme de grand idéal. Mais Stein ne donna pas. « C'est tout ce que j'ai, dit-il, en indiquant le billet du menton. Si ces cent roubles étaient en petites coupures, je t'aurais, bien entendu, donné même dix roubles. Mais ils sont en un seul billet, c'est pourquoi je ne serais pas d'accord pour le changer, même si tu n'avais besoin que de dix kopecks. » Cependant, en même temps, ses yeux froids et roux qui, comme d'habitude, me regardaient non pas dans les yeux mais au visage, ne semblaient pas y avoir vu ce qu'ils comptaient y voir. « Un billet de cent roubles changé en monnaie, ce n'est déjà plus cent roubles, expliqua-t-il, perdant franchement patience et me montrant, on ne sait pourquoi, sa main ouverte. Le billet changé c'est déjà l'argent entamé, donc dépensé. – Bien sûr, bien sûr », disais-je, approuvant joyeusement de la tête et lui souriant joyeusement, essayant de toutes mes forces de masquer mon humiliation, car je sentais qu'en la laissant voir (c'était vrai, vrai, ce que Sonia avait écrit) je me blesserais davantage. Et Stein, avec un visage qui exprimait aussi bien un reproche parce qu'on avait douté de lui que la satisfaction parce qu'on avait tout de même reconnu qu'il avait raison, ouvrit largement les bras. « Messieurs, disait-il, avec autosatisfaction et reproche, il est temps. Il est enfin temps de devenir européen. Il est temps de comprendre ces choses. »

Malgré le fait que j'allais assez souvent chez Stein, il ne s'était pas donné la peine de me présenter à ses parents. Il est vrai que s'il était venu chez moi je ne l'aurais pas non plus fait connaître à ma mère. Cependant, cette similitude de nos attitudes avait des causes tout à fait différentes : Stein, devant sa famille, aurait eu honte de moi; quant à moi, j'aurais eu honte de ma mère. Chaque fois que je rentrais de chez Stein à la maison, j'étais tourmenté par l'amertume du pauvre, dont la supériorité spirituelle est à la fois trop puissante pour qu'il se laisse aller à être sincèrement envieux, et trop faible pour le laisser indifférent.

Étrangement, les phénomènes les plus répugnants possèdent une force attractive presque insurmontable. Voilà un homme en train de dîner, et tout à coup, quelque part derrière son dos, un chien vomit.

L'homme peut continuer à manger et ne pas regarder cette horreur. L'homme peut aussi cesser de manger et sortir sans regarder. Il le peut. Mais une espèce d'insistante attirance, comme une tentation (et quelle peut être, s'il vous plaît, cette tentation ?), le pousse, et pousse sa tête à se retourner et à jeter un regard, un regard sur ce qui va le faire frissonner de dégoût, sur ce qu'il ne veut absolument pas voir.

C'était cette attirance que j'éprouvais par rapport à Stein. Chaque fois, au retour de chez lui je décidais de n'y plus remettre les pieds. Mais quelques jours plus tard Stein téléphonait, et de nouveau j'allais chez lui, j'allais comme pour remuer délicieusement mon dégoût. Souvent, allongé dans ma chambrette, la lampe éteinte, j'imaginais que je m'occupais de quelque commerce, que les affaires marchaient merveilleusement bien, et voilà que j'inaugure ma propre banque, alors que Stein, complètement déguenillé, miséreux, court derrière moi, recherche mon amitié, m'envie. De tels rêves, de telles visions m'étaient agréables, mais en même temps (bien que cela puisse paraître étrange et contradictoire) ce sentiment de plaisir, provoqué par de semblables visions, m'était extrêmement pénible.

En tout cas et quoi qu'il en soit, ce soir-là je bondis joyeusement de mon divan lorsque j'entendis la sonnerie longue et furieuse qui m'appelait au téléphone. En cette soirée mémorable et terrible pour moi, j'étais de nouveau, et comme auparavant, prêt à aller chez Stein qui me convoquait. Mais ce n'était pas Stein. Et lorsque, ayant dévalé l'escalier froid pour entrer dans la cabine téléphonique pénétrée d'odeurs de poudre et de sueur, je soulevai l'écouteur qui se balançait tout près du plancher au bout d'un fil vert et tordu, le chuintement n'était pas celui de Stein, mais celui de Zander — un étudiant dont j'avais fait tout récemment connaissance au secrétariat de l'université. Et ce Zander enroué m'aboya dans l'oreille que lui et un camarade avaient décidé d'organiser cette nuit une prisoche (je ne compris pas, lui demandai de répéter, et il expliqua que cela voulait dire priser de la cocaïne), qu'ils avaient peu d'argent, qu'il serait bon que je puisse les tirer d'affaire, et qu'ils m'attendaient au café. J'avais une vague idée de la cocaïne, je croyais je ne sais pourquoi que c'était quelque chose dans le genre de l'alcool (du moins en ce qui concernait le danger pour l'organisme). Ce soir-là, comme d'ailleurs tous ces derniers soirs, je ne savais pas du tout que faire de moi, ni où aller; j'avais quinze roubles, j'acceptai l'invitation avec joie.

II.

Il gelait sec, et tout craquait. Le traîneau glissa jusqu'au passage, un piaillement métallique de pas tombait de tous côtés; à partir des toits, partout, la fumée montait en piliers blancs et la ville semblait suspendue au ciel en gigantesque veilleuse. Dans le passage aussi, c'était le grand froid et la résonance des bruits, les glaces étaient couvertes de neige — mais à peine eus-je ouvert la porte du café qu'un nuage de buanderie, de chaleur, d'odeurs et de sons s'en échappa.

Le petit vestiaire, séparé de la salle par une simple cloison, était tellement bourré de pelisses pendues les unes sur les autres que le portier bondissait et s'essoufflait comme s'il escaladait une montagne quand, tenant par la taille le pardessus qu'il m'avait enlevé, il en promenait aveuglément, le long des patères, le col qui ne cessait de retomber et ne s'y accrochait pas. Sur l'étagère et sur la tablette de la glace, les chapeaux et les casquettes se tenaient, serrés les uns sur les autres, en colonnes, et en dessous les bottes et les caoutchoucs, enfoncés les uns dans les autres, avaient les semelles barbouillées de craie indiquant les numéros.

Juste au moment où je pénétrai dans la salle, le violoniste, son instrument déjà placé sous le menton, souleva solennellement son archet et, se hissant sur la pointe des pieds en remontant les épaules, se laissa retomber tout à coup et (ce mouvement entraînant le piano et le violoncelle) se mit à jouer.

Debout auprès des musiciens et regardant la salle bondée qui haussa le bruit de ses voix aussitôt que la musique se fit entendre, je cherchais à repérer Zander. A côté, le pianiste travaillait fort des coudes, des épaules et de tout son dos, sa chaise sur laquelle on avait glissé un volume déchiré de partitions ployait et oscillait du dossier qui se décollait; le violoncelliste, adoucissant son visage de ses sourcils levés, penchait l'oreille vers le doigt qui chancelait sur les cordes; et le violoniste, les jambes solidement écartées, frétillait du torse dans une impatiente ardeur, et on avait honte de son visage lascivement réjoui par ses propres sonorités, invitant avec une insistance joyeuse à le regarder alors qu'absolument personne ne faisait attention à lui.

Me hissant sur la pointe des pieds, rentrant le ventre, je me glissai de côté entre les tables serrées et, machinalement (par quelque besoin, qui me venait souvent ces derniers mois, de me prouver ma nullité intellectuelle) je cherchai, et bien entendu ne trouvai pas, une définition de la musique. Là, de l'autre côté de la salle, où il y avait un peu plus d'espace, les sons changeaient de direction comme le vent, quittaient par moments les musiciens dont les archets allaient alors en silence. Et près de l'énorme fenêtre Zander se tenait, se haussant au-dessus des têtes et attirant mon attention en agitant un mouchoir.

« Eh bien, enfin, te voilà ! eh bien, enfin te voilà ! répétait-il en se frayant le passage et en me saisissant les doigts de ses deux mains, eh bien, comment ça va (il secoua la tête), comment ça va, Vadia ? » Il avait la manie de trembler du chef, après quoi tous les mots déjà dits étaient comme oubliés, sortis de sa tête, et avec une obstination fastidieuse il les reprenait de nouveau. Ses yeux pointus et son nez rapace se plissaient joyeusement. Sans lâcher ma main et reculant dans le passage étroit, il m'entraîna vers une table où deux autres étaient assis. A la façon dont ils me regardaient dans les yeux, avec une espèce d'attente, il paraissait évident qu'ils étaient en compagnie de Zander et qu'aussitôt il allait nous faire faire connaissance. De ces deux qui se levèrent à notre arrivée, Zander nomma l'un : Hirgué, et l'autre : Mik, et pendant ce temps il trembla trois fois de la tête, et trois fois recommença d'expliquer que Mik était caricaturiste et danseur. Au sujet de l'autre, Zander ne dit rien, mais on pouvait, du moins quant à son attitude physique, employer deux mots : « un paresseux dégoût ». Quand nous approchâmes de la table, Hirgué se leva avec un paresseux dégoût, me tendit la main avec un dégoût paresseux et, s'étant rassis, se mit à regarder au-dessus des têtes avec un paresseux dégoût. Le deuxième, Mik, était, de toute évidence, très nerveux. Cigarette à la bouche (elle se balançait quand il parlait), il s'adressa à Zander sans me regarder : « Eh bien, ne t'éternise pas, et élucide, élucide la situation. » Et ayant entendu de Zander que la situation était élucidée et qu'il y avait quinze roubles, il lui fit une grimace acide, puis un sourire, puis effaça le tout et frappa fort avec sa bague sur le verre de la table. Hirgué regardait de côté avec un paresseux dégoût. Une serveuse, au visage terriblement fatigué et qui me parut aussitôt familier, se retourna brusquement au bruit et, appuyant son petit tablier empesé sur le coin pointu de la table, qu'elle s'enfonça dans le ventre, commença de rassembler les verres vides. Quand elle ramassa les mégots (ils n'étaient pas dans le cendrier, mais dispersés directement sur la table), baissant les lèvres avec répugnance et hochant doucement la tête comme pour dire que de nous elle ne pouvait rien attendre d'autre que cette cochonnerie, je reconnus Nelly. Sans me jeter un regard, bien que je lui eusse dit bonjour et demandé comment elle allait, elle continua d'essuyer rapidement la table avec un chiffon, dit doucement « Ça peut aller, merci », ses joues se couvrirent de maladives taches rouge brique, et quand elle eut tout ramassé elle se retourna craintivement vers le comptoir et tout à coup, en se penchant vers Hirgué, dit rapidement qu'elle allait bientôt être relayée et qu'elle attendrait en bas. Sur quoi Hirgué (justement il appuyait ses mains sur la table et l'effort qu'il faisait pour se lever tordait son visage comme s'il avait été mortellement blessé dans le dos) fit un signe de tête avec un paresseux dégoût.

III.

Avant qu'un quart d'heure se fût écoulé, nous étions tous — Nelly, Zander, Mik et moi — installés, en attendant Hirgué sorti un instant chercher la cocaïne (on m'avait expliqué pendant le trajet que ce dernier ne prisait pas, mais vendait seulement la drogue) — dans une chambre bien chauffée, remplie de très vieux meubles. Immédiatement derrière la porte, de sorte qu'on ne pouvait l'ouvrir qu'à moitié, se trouvait un vieux piano; ses touches avaient la couleur de dents pas lavées et dans les chandeliers qui penchaient des bougies torsadées, rouges, criblées de petits points dorés, et que les queues des mèches surmontaient, s'inclinaient de côtés différents (les ouvertures des chandeliers étaient trop grandes). Plus loin, le long du mur s'avançait une cheminée dont la plaque de marbre blanc supportait, sous un globe de verre, deux gentilshommes français en pourpoint, bas et bottines à boucles; penchant leurs petites têtes, ils esquissaient un pas de menuet tout en s'apprêtant à lancer élégamment en l'air une pendule au cadran blanc, sans verre, avec un trou pour la remonter et une seule aiguille, d'ailleurs tordue. Au milieu de la pièce il y avait des fauteuils bas en velours jaune ou noir selon qu'on le caressait dans le bon sens ou à rebrousse-poil, tellement lisse qu'on aurait pu tracer des signes. Et entre les fauteuils il y avait une table ovale, laquée noire, dont les pieds d'une courbure compliquée étaient réunis par un petit plateau sur lequel était posé un album de famille, dont je m'emparai. L'album était fermé par une boucle avec un bouton et, quand on appuyait dessus, il s'ouvrait en tressautant. Il était relié en velours violet (en dessous la reliure était munie, à chaque coin, de têtes de clous en cuivre, bombées et légèrement tronquées, sur lesquelles l'album reposait comme sur des roulettes), et sur le dessus une image aux couleurs fendillées représentait une troïka lancée crânement par un cocher au fouet levé avec des nuages sous les patins du traîneau. J'allais l'ouvrir et feuilleter les pages intérieures qui étaient dorées sur tranche et d'un carton si épais que, lorsqu'on les tournait, elles claquaient les unes contre les autres comme du bois — mais à ce moment Mik m'appela vivement à l'autre bout de la pièce. « Voilà, admirez, dit-il sans se retourner et m'invitant à approcher de son bras tendu en arrière. Regardez seulement ce bâtard, regardez seulement cette horreur. » Et il me montra un bébé nu en bronze, qui dans sa main dodue tenait en l'air un énorme candélabre : « Mais c'est inimaginable ! s'écria Mik, serrant le poing contre son front. Dans quelles ténèbres imbéciles planaient les gens qui fabriquaient de telles choses, et aussi ceux qui ont acheté un objet pareil ? Mon cher, regardez (il me saisit par les épaules), regardez seulement sa physionomie. Pensez (il serra le poing contre son front) que ce bébé soulève de son bras tendu un poids cinq fois supérieur au sien propre, mais c'est monstrueux, c'est comme vingt pouds[1] pour vous ou moi. Eh bien ? Qu'exprime cependant son minois ? Y voyez-vous ne

1. Mesure de poids équivalent à 16,38 kg. (N.d.T.)

serait-ce que le moindre reflet de lutte, d'effort ou de tension ? Mais si vous sciez le candélabre attaché à sa menotte, je vous assure que la plus sensible des nourrices ne saurait deviner, en regardant sa frimousse, si ce bébé veut dormir ou s'il va maintenant... Affreux, affreux. »

« Mais qu'est-ce que tu vas encore chercher ? » cria joyeusement Zander de l'autre côté de la pièce et, contournant les fauteuils, il s'apprêtait déjà à nous rejoindre, mais à ce moment Hirgué entra. Il était en robe de chambre et portait avec précaution quelque chose qu'il serrait contre la poitrine, et aussitôt qu'il fut entré, non, aussitôt qu'il eut ouvert la porte avec son genou, tous — Mik, Zander et Nelly — allèrent à sa rencontre, et comme il ne s'était pas arrêté retournèrent, en le suivant, vers la table laquée où, sous la suspension, on voyait plus clair. Moi aussi je m'approchai.

Sur la table était déjà posée une petite boîte en fer-blanc, semblable à celles dans lesquelles on vendait des bonbons chez Abrikosov, mais plus petite. Sur son métal brillant, comme astiqué, on voyait, par-ci par-là, des lambeaux de papier arraché. A côté étaient posés quelque chose qui ressemblait à un compas muni d'un fil, et encore une petite boîte en bois. « Eh bien, vas-y, vas-y, qu'est-ce qu'on attend, dit Mik, regarde notre belle, elle n'en peut déjà plus. » Il fit un geste de tête vers Nelly qui, avec le visage de quelqu'un qui se sent soudain malade, s'appuyait tantôt à la table avec ses coudes, tantôt se redressait sans quitter Hirgué des yeux, comme si elle visait où il valait mieux mordre un morceau : en haut ou en bas. Hirgué se frotta le front d'un air las, et, remuant la langue et les lèvres avec répugnance, dit : « Aujourd'hui, un gramme vaut 7,50, combien pour vous ? » Les dernières paroles s'adressaient à moi et, voyant que Zander me faisait un clin d'œil avec indignation, comme si, à l'avance, il avait, avec moi, appris un rôle que maintenant, alors qu'il fallait le jouer, j'avais oublié — je dis que j'avais quinze roubles moins un petit quelque chose. « Pour moi un gramme », dit, tout à coup et sans qu'on s'y attende, Nelly, qui mordit sa lèvre inférieure. Hirgué, baissant les paupières, inclina légèrement la tête en signe de consentement, posa sur le bord de la table une cigarette allumée et — sans faire attention à Mik qui, avec une impatience désordonnée, souffla de l'air et se mit à marcher dans la pièce, tête renversée dans les mains comme une cruche – ouvrit la boîte en fer. « Donc, pour vous, deux grammes », me dit Hirgué, essayant de sortir précautionneusement ce quelque chose de bleu qui se trouvait là. « Non, mais comment, intervint Zander en l'arrêtant, il faut partager ! » Et agitant la tête dit encore une fois : « Il faut partager. » Mais Mik, accouru déjà à la table et levant l'index (comme s'il avait une idée magnifique), proposa d'une voix joyeuse de partager les trois grammes en quatre parts égales, pour que chacun en eût les trois quarts. Les yeux méchamment baissés, Nelly dit : « Non, pour moi c'est un gramme entier. Nous, on travaille toute la journée pour cet argent, on trime, on trime. » Elle mordit de nouveau sa lèvre sans lever les yeux. « Bon, bon, dit Mik sur un ton de conciliation irritée. Alors faisons autrement. » Et il proposa de partager mes deux grammes en attribuant trois quarts à Zander et à lui-même, et une moitié à moi, qui n'étais que débutant. « On peut, n'est-ce pas ? » demanda-t-il en me regardant tendrement dans les yeux. Et seul Zander intervint encore pour exprimer un doute sur le fait que deux fois trois quarts plus une moitié fassent deux grammes complets. Voyant que l'accord général était enfin acquis, Hirgué, qui jusqu'alors restait la tête et les bras baissés, reçut l'argent de Nelly et de moi, le recompta, le mit dans sa poche et, déplaçant encore une fois la cigarette pour qu'elle ne brûle pas la table, entreprit de s'occuper de la boîte en fer où l'on voyait quelque chose de bleu. Ce n'est qu'à ce moment, quand Hirgué sortit ce quelque chose de bleu de la boîte, que je compris que c'était un sac en papier bleu, et qu'à côté de la boîte en fer, maintenant vide, se trouvait une balance de pharmacie, que j'avais d'abord prise pour un compas. Hirgué sortit de la poche de son gilet une petite pelle en os et plusieurs petits papiers pliés comme dans une pharmacie pour des poudres. En dépliant l'un d'eux — il était vide —, Hirgué le posa sur le plateau de la balance et, jetant sur l'autre un minuscule morceau de métal pris dans le coffret (là se trouvaient les poids), souleva le fléau de la balance suffisamment haut pour que les fils soient tendus, mais que les plateaux de la balance restent en contact avec la table. Continuant ainsi à maintenir la balance d'une main, Hirgué qui tenait la petite pelle de l'autre main ouvrit le paquet et y plongea la pelle. Le papier crissa et je remarquai que dans le sac bleu et en contact étroit avec lui se trouvait un autre sac, en papier blanc (c'est lui qui avait crissé), et comme sulfurisé. Dans la pelle, précautionneusement sortie ensuite, se trouvait un monticule de poudre blanche. Elle était très blanche et, brillant comme du cristal, faisait penser à de la naphtaline. Avec beaucoup de précaution, Hirgué fit tomber la poudre dans le petit sachet sur la balance, et de l'autre main souleva le fléau plus haut. Le plateau avec le poids était plus lourd. Alors, sans baisser la balance soulevée au-dessus de la table, Hirgué planta la pelle en os dans le paquet bleu, mais c'était sans doute incommode et lourd pour sa main. « Tiens un peu le paquet, dit-il à Mik qui se trouvait le plus près, et c'est à ce moment-là seulement, quand il prononça ces paroles, que je perçus l'horrible silence régnant dans cette pièce. « Eh bien, mais il n'y a presque rien là-dedans ! » dit Mik alors que Hirgué, sans répondre et ayant sorti encore de la cocaïne avec sa pelle, la faisait tomber dans la balance de ce geste du doigt qui fait tomber les cendres d'une cigarette. Lorsque les plateaux de la balance s'égalisèrent, Hirgué, ayant rejeté d'un geste précautionneux et précis ce qui restait sur la pelle dans le paquet, baissa la balance, enleva le sachet et, l'ayant refermé après avoir tassé la cocaïne qui aussitôt acquit une brillance compacte et lisse, le tendit à Nelly.

Pendant que Hirgué pesait et préparait le sachet suivant (d'habitude il vendait des sachets tout préparés, mais Mik, craignant comme je le sus plus tard que Hirgué y ajoutât de la quinine, avait — pendant le trajet — posé comme condition absolue sa présence à la pesée), donc, pendant que se préparait le sachet suivant, je regardais Nelly. Aussitôt et à l'endroit même, sur la table, elle ouvrit son sachet, sortit de son sac un mince tube en verre avec lequel elle préleva un minuscule tas de cocaïne qui, aussitôt, devint friable. Ensuite, elle approcha de ce tas de cocaïne un bout du tube, pencha la tête, introduisit l'extrémité supérieure dans sa narine et aspira. Bien que le verre ne fût pas en contact avec la cocaïne, le petit tas disparut. Ayant pratiqué de la même manière avec l'autre narine, elle replia le sachet, le mit dans son sac, se retira dans les profondeurs de la pièce et s'installa dans un fauteuil.

Entre-temps, Hirgué avait pesé le sachet suivant

vers lequel Zander tendait déjà la main. « Ah ! mais ne le ferme pas, je t'en prie, disait-il pendant que Hirgué, la tête penchée comme s'il admirait son travail, terminait le paquet, ne le tasse pas, ne l'écrase pas, ce n'est pas la peine. » Avec un geste tremblant, Zander saisit son sachet ouvert et versa sur le dos de sa main un petit tas de cocaïne, bien plus gros cependant que celui de Nelly. Puis, étirant son cou velu de façon à demeurer au-dessus de la table, Zander approcha son nez du tas de cocaïne et, sans toucher la poudre, tordant la bouche pour fermer l'autre narine, aspira bruyamment l'air. Le petit monticule disparut de sa main. Il fit la même chose avec l'autre narine, à cette différence près que la portion de cocaïne était si petite qu'on la voyait à peine. « Je ne peux priser que de la narine gauche », m'expliqua-t-il avec l'expression de l'homme qui, décrivant un aspect exceptionnel de sa nature, atténue sa vantardise par un air de consternation. En même temps, grimaçant avec répugnance et tirant fort la langue, il lécha plusieurs fois l'endroit de la main où il avait mis la cocaïne et enfin, s'apercevant qu'un flocon était tombé de son nez sur la table, il se pencha et lécha la table, laissant sur la surface laquée une tache humide et mate qui s'enfuyait rapidement.

Maintenant, mon sachet était pesé aussi et soigneusement posé devant moi, alors que Mik, ayant fermé la porte derrière Hirgué qui était parti, versait avec beaucoup de précaution sa poudre dans une minuscule fiole en verre qu'il avait sortie de sa poche. Ayant prisé de sa cocaïne (Mik aussi prisait à sa manière, d'une autre façon que les autres : il trempait dans la fiole, où la cocaïne en aiguilles adhérait aux parois, le côté obtus d'un cure-dents, et ayant sorti sur son bout recourbé une petite pyramide de poudre, l'approchait de la narine sans rien laisser tomber), ayant prisé, il remarqua mon sachet encore intact. « Et vous, pourquoi ne prisez-vous pas ? » me demanda-t-il sur un ton de reproche et de stupéfaction, comme si je lisais un journal dans le foyer d'un théâtre alors que le spectacle avait déjà commencé. J'expliquai qu'à vrai dire je ne savais comment faire et que je n'avais d'ailleurs rien pour cela. « Venez, je vous arrangerai tout, dit-il, absolument comme si je n'avais pas de billet d'entrée et qu'il fût prêt à m'en donner un. Écoutez, cria-t-il à Nelly et à Zander qui, dans un coin, déployaient une table à jeu et avaient déjà sorti des morceaux de craie et les cartes, qu'est-ce que vous avez à faire là-bas, venez voir, ici on débarrasse un homme de la virginité de ses narines. » Mik ouvrit mon paquet (la cocaïne, dedans, était aplatie et au milieu se présentait en couche plus épaisse, se terminant au bord en ligne ondoyante et, découverte par Mik, se fendit dans l'épaisseur et eut l'air de sursauter), rassembla, dans le creux du bout du cure-dents un peu de poudre et, me prenant par les épaules, m'attira légèrement vers lui. Je voyais maintenant son visage de tout près. Ses yeux étaient humides et brillants, ses lèvres, sans s'ouvrir, bougeaient constamment comme s'il suçait un bonbon acidulé. « J'approcherai cette prise de votre narine et vous aspirerez avec votre nez, c'est tout », dit Mik, soulevant le cure-dents avec précaution. Mais quand, ayant senti l'approche du cure-dents, je voulus aspirer l'air, Mik, ayant dit « Ah ! diable », baissa le bras : le cure-dents était vide.

« Mais qu'as-tu fait ? s'agita Zander (lui et Nelly étaient déjà près de la table), tu l'as soufflée. » Et en effet il me semblait bizarre que ma respiration que j'avais retenue ait pu emporter cette poudre blanche;

comme je remarquais que ma veste, sous le menton, en était saupoudrée, je me mis machinalement à la nettoyer avec la manche, comme je le faisais avec le talc. « Mais qu'est-ce que tu fais, salaud ! » cria Zander et, s'élançant, puis s'écroulant sourdement, les genoux par terre, sortit son sachet et se mit à ramasser des brins duveteux. Sentant que j'avais commis quelque épouvantable maladresse, je regardai Nelly avec supplication. « Non, non, vous ne savez pas », répondit-elle aussitôt d'une façon apaisante. Elle prit le cure-dents des mains de Mik par-dessus la table (en contournant Zander qui rampait dessous, elle chuchota à la paysanne, en aspirant l'air « oh ! Seigneur »), et s'approcha de moi. « Voyez-vous, mon petit, me comprenez-vous, dit-elle un peu indistinctement, comme si quelque chose lui serrait les dents, et en agitant le cure-dents, la cocaïne, ou, comme nous l'appelons, le cokche, vous comprenez, tout simplement cokche, eh bien, donc, le cokche... » « Ou, comme nous l'appelons, la cocaïne », plaça Mik, mais Nelly le fit taire en agitant le cure-dents. « Eh bien, donc, le cokche, continua-t-elle, est extraordinairement léger, léger jusqu'à la sorcellerie. Vous comprenez. Le moindre souffle suffit pour l'emporter. C'est pourquoi, pour ne pas le faire envoler, vous ne devez pas expirer, ou bien vous devez à l'avance laisser sortir l'air. » « Des poumons, bien sûr », ajouta Mik, morose. « Des poumons » roucoulait Nelly, et aussitôt, à Mik : « Ah ! mais allez-vous-en, vous ne faites que gêner ! (et de nouveau vers moi :) Alors, vous comprenez, aussitôt que je vous présenterai la prise, vous ne devez pas respirer en partant de vous, mais aspirer aussitôt vers vous. Maintenant, vous avez compris, n'est-ce pas ? » dit-elle, prenant de la cocaïne sur le cure-dents.

Obéissant, comme elle l'avait ordonné je ne respirai pas et puis aspirai aussitôt que je sentis le chatouillement du cure-dents près de la narine. « C'est parfait, dit Nelly. Encore une fois », et elle gratta de nouveau dans le sachet avec le cure-dents. Après la première prise, je n'avais rien senti dans mon nez, sauf peut-être, et seulement pendant un seul instant, une odeur particulière, mais non désagréable, de pharmacie, qui s'envola aussitôt que je l'aspirai. Sentant de nouveau le cure-dents près de l'autre narine, j'aspirai et cette fois, ayant pris de l'assurance, beaucoup plus fort. Cependant, y ayant sans doute mis trop de zèle, je sentis que la poudre aspirée avait atteint, en chatouillant, le pharynx, je l'avalai sans faire exprès et sentis aussitôt une amertume se répandre avec la salive dans la bouche.

Sous le regard scrutateur de Nelly braqué sur moi, je m'efforçais de ne pas grimacer. Ses yeux, habituellement d'un bleu sale, étaient maintenant tout à fait noirs, et seul un mince liséré bleu entourait cette pupille de feu, sombre et terriblement élargie. Quant à ses lèvres, elles bougeaient, comme celles de Mik, dans un continuel mouvement de léchage, et j'allais demander ce qu'ils étaient en train de suçoter, mais juste à ce moment, ayant rendu le cure-dents à Mik et mis mon sachet en ordre, Nelly alla vivement vers la porte, dit en se retournant « J'en ai pour une minute, je reviens » et sortit.

L'amertume dans la bouche avait presque totalement disparu, et il ne restait que le froid de la gorge et des gencives comme lorsqu'on respire longuement, la bouche grande ouverte, pendant les gelées et quand, après, une fois la bouche fermée, elle semble encore plus froide par contraste avec la chaleur de la salive. Quant aux dents, elles étaient complètement gelées, de sorte qu'en appuyant sur une dent on sentait que les autres suivaient, sans douleur, comme soudées ensemble.

« Maintenant, vous ne devez respirer que par le nez, me dit Mik, et en effet il était devenu très facile de respirer, comme si les ouvertures du nez s'étaient élargies à l'extrême et comme si l'air était devenu particulièrement opulent et frais. « Eh-té-té, m'arrêta Mik d'un geste apeuré de la main, à la vue du mouchoir que j'avais sorti. Laissez cela, c'est interdit » dit-il sévèrement. « Mais si j'ai absolument besoin de me moucher » insistai-je. « Mais qu'est-ce que vous racontez, dit-il en avançant la tête et en serrant le poing contre le front, mais quel est donc l'imbécile qui se mouche après une prise ? Où avez-vous entendu ça ? Avalez. C'est de la cocaïne, ce n'est pas un remède contre le rhume. »

Entre-temps, Zander, tenant son sachet dans la main, s'assit sur le bord de la chaise, resta ainsi un moment sans rien dire, tremblota de la tête puis, comme s'il avait imaginé quelque chose, alla vers la porte. « Écoute voir, Zander, l'arrêta Mik, frappe là-bas à la porte de Nelka pour qu'elle aille plus vite. Et toi aussi, dépêche-toi, moi non plus je ne suis pas encore mort. »

Lorsque Zander, avec des gestes bizarres de craintive précaution, referma la porte derrière lui, je demandai à Mik de quoi il s'agissait et où ils allaient tous. « Eh ! des vétilles !... répondit-il (lui aussi parlait déjà d'une façon bizarre, entre les dents), après les premières prises on a tout simplement la colique, mais cela passe tout de suite, et ne recommence plus jusqu'à la fin de la prisoche. Chez vous, ça ne peut pas encore arriver », ajouta-t-il, comme pour me tranquilliser, prêtant l'oreille à la porte. « Je pense que la cocaïne non plus ne me fera pas d'effet », dis-je tout à coup sans m'y attendre moi-même, et le son épuré de ma voix me procura un tel plaisir et une telle exaltation que j'aurais pu croire que je disais quelque chose de terriblement intelligent. Mik traversa toute la pièce exprès pour me flatter l'épaule avec complaisance. « Ça, vous irez le raconter à votre grand-mère », dit-il. Et me souriant d'un mauvais sourire, il alla de nouveau vers la porte, l'ouvrit et sortit.

IV.

Maintenant, il n'y a plus personne dans la chambre, je m'approche de la cheminée et je m'assieds. Je m'assois près du trou noir, grillagé, de la cheminée, et j'exécute en moi le travail qu'à ma place et dans ma situation chacun aurait fait : j'intensifie ma conscience, en la forçant à observer les changements de mes sensations. C'est une autodéfense : elle est indispensable pour établir un barrage entre les sensations internes et leur manifestation extérieure.

Mik, Nelly et Zander reviennent dans la chambre. J'ouvre mon sachet posé sur le bras du fauteuil, je demande à Mik son cure-dents, j'aspire encore deux prises. Bien entendu, je ne le fais pas pour moi, mais pour eux. Le papier crisse, la cocaïne sursaute à chaque crissement, mais je reste conscient et je n'ai rien répandu. J'attribue à mon habileté l'impression légère et joyeuse qu'en même temps j'éprouve.

Je m'étale dans mon fauteuil. Je me sens bien. En moi, une lueur observatrice éclaire attentivement toutes mes sensations. J'en attends une explosion, j'en attends des éclairs à la suite de l'absorption de la drogue, mais plus ça va, plus j'acquiers la certitude qu'il n'y a pas, et qu'il n'y aura aucune explosion, aucun éclair. Donc, en effet, la cocaïne n'agit pas sur moi. La conscience qu'un poison aussi fort n'a pas prise sur moi, et la joie de constater le caractère exceptionnel de ma nature m'envahissent de plus en plus.

Au fond de la pièce, Zander et Nelly sont assis devant la table à jeu et lancent les cartes. Voilà Mik qui tape sur sa poche, y trouve des allumettes, et allume une bougie dans un chandelier haut. J'observe avec amour le soin avec lequel il entoure la bougie de sa main arrondie, projette la lumière sur son visage.

Et moi, je me sens de mieux en mieux, et de plus en plus joyeux. Je sens déjà que ma joie, avec sa petite tête tendre, se faufile dans ma gorge et la chatouille. Bientôt (j'étouffe un peu) je ne peux plus y tenir, il faut que je déverse cette joie, ne serait-ce qu'un peu, et j'ai terriblement envie de raconter quelque chose à ces pauvres petites gens.

Ça ne fait rien qu'ils fassent chut, qu'ils agitent les mains et (ce fut auparavant strictement convenu entre nous) exigent que j'observe le silence. Ça ne fait rien, parce que je ne me sens pas blessé. Un instant, un seul petit instant je ressens comme une attente de cette blessure. Mais cette attente, ainsi que l'étonnement de n'être aucunement vexé — tout cela ce ne sont pas des sentiments, mais des conclusions théoriques au sujet des sentiments qui auraient dû répondre à de tels événements. Ma joie est tellement forte qu'elle passe sans accroc à travers toute insulte : elle est comme un nuage, le couteau le plus aiguisé ne peut l'égratigner.

Mik plaque un accord. Je tressaille. Maintenant seulement je saisis à quel point mon corps est tendu. Je suis assis sans m'appuyer dans ce fauteuil et les muscles de l'abdomen sont désagréablement contractés. Je m'appuie au dossier du fauteuil mais cela ne me soulage pas. Les muscles se détendent. Dans ce fauteuil commode et moelleux, je suis, malgré ma volonté, assis dans une tension intense, comme si ce fauteuil allait craquer et s'écrouler sous mon poids.

Sur le piano, la bougie brûle au-dessus de Mik. La languette de la flamme ondule, et, dans le sens opposé, sous le nez de Mik, ondule une ombre moustachue. Mik plaque un nouvel accord, puis le répète tout doucement; il me semble qu'il s'éloigne en flottant en même temps que la chambre.

Eh bien, à présent, dis ce qu'est la musique, chuchotent mes lèvres. Sous la gorge, toute la joie se rassemble en une boule sautillante, hystérique. La musique — c'est la représentation sonore, simultanée, du sentiment de mouvement et du mouvement du sentiment. Mes lèvres répètent et chuchotent ces paroles un nombre incalculable de fois. De plus en plus, et de plus en plus profondément, je pénètre le sens de ces paroles, et je languis d'extase.

Je m'efforce de pousser un soupir, mais je suis si tendu, si contracté qu'en aspirant l'air plus profondément je ne l'aspire et ne l'expire qu'à petits coups. Je veux prendre le sachet sur le bras du fauteuil et priser, mais bien que j'intensifie toute ma volonté et que j'ordonne à mes mains de bouger rapidement les mains n'obéissent pas, se meuvent difficilement, lentement, retenues, dans une espèce de peureuse pétrification, par la crainte de casser, de répandre, de renverser.

Il y a déjà longtemps que je suis assis, légèrement de côté, les jambes croisées. Et la jambe et le côté sur lesquels je m'appuie de tout mon poids sont fatigués, fourmillent, demandent la relève. Je tends ma volonté, je veux bouger, me retourner, m'asseoir autrement, m'appuyer sur l'autre côté, mais mon corps est craintif, gelé, figé, il lui suffirait de faire un mouvement pour que tout s'écroule avec fracas. Le désir de rompre, d'enfreindre cette peureuse pétrification en même temps que l'impossibilité de bouger font naître en moi un agacement. Mais cet agacement aussi est silencieux, profondément interne, rien ne peut le décharger, et il grandit en conséquence.

« Et notre Vadim, il est complètement dans les vapes... »

C'est Mik qui le dit. Ensuite, un certain temps s'écoule, pendant lequel, je le sais, tout le monde me regarde. Je reste assis, pétrifié, sans tourner la tête. Dans le cou, j'ai toujours la même sensation : si je bouge la tête, je ferai chavirer la pièce. « Mais il n'est pas du tout dans les vapes. Simplement il a une réaction et il faut vite lui donner une prise. » C'est Nelly qui le dit.

Mik s'approche. J'entends qu'au-dessus de mon oreille il ouvre le sachet, mais je ne regarde pas par là. Je détourne, je baisse les yeux, je fais tout pour qu'il ne les voie pas. J'ai peur de montrer mes yeux. C'est une sensation nouvelle. Dans cette peur de laisser voir mes yeux il n'y a ni pudeur, ni timidité, non — c'est la crainte de l'humiliation, du déshonneur et encore de quelque chose de tout à fait horrible qui, en ce moment, se trouve dans mes yeux à découvert. Je sens le cure-dents près de la narine et j'aspire. Puis encore une fois.

Je veux dire merci, mais ma voix est coincée. « Je vous remercie », dis-je enfin, mais avant de prononcer ces paroles je tousse fort, et c'est à l'aide de cette toux que j'extirpe ma voix. Mais ce n'est pas ma voix. C'est quelque chose de sourd, de joyeusement difficile, à travers les dents serrées.

Mik se tient toujours à mes côtés. « Peut-être avez-vous besoin de quelque chose ? » demande-t-il. Je hoche la tête, je sens que les mouvements sont déjà plus faciles, plus dégagés. Il n'y a plus d'agacement sourd, il y a le frais dépôt de joie.

Mik me prend par le bras, je me lève, je marche. D'abord c'est un peu difficile. J'ai dans les jambes la peur de glisser, comme chez un homme gelé qui pose ses pieds sur du verglas. Dans le couloir, je suis aussitôt pris de frissons.

Sur le chemin des cabinets, dans le couloir, il y a une forte odeur de choux et de quelque autre aliment. En pensant à la nourriture, j'éprouve du dégoût, mais c'est un dégoût particulier. J'ai le cœur soulevé non par la satiété, mais par l'ébranlement de l'âme. Ma gorge me semble tellement serrée et sensible que le plus petit morceau de nourriture devrait s'y coincer ou la déchirer.

Un verre d'eau est posé sur le piano. « Buvez, dit Mik, entre les dents lui aussi, et il cache ses yeux, ça ira encore mieux. » Je fais des efforts, je recherche la rapidité, mais ma main se tend vers le verre lentement, lentement, et comme craintivement arrondie. La langue et le palais sont si durs et si secs que l'eau ne les mouille pas, elle ne fait que les refroidir. Au moment de la déglutition je sens de la répugnance pour l'eau aussi, je la bois comme un médicament. « Le mieux, c'est le café noir, mais il n'y en a pas. Fumez, c'est bien aussi. » J'allume une cigarette.

Chaque fois que j'approche la cigarette de mes lèvres, je me surprends dans un continuel mouvement de succion. C'est ce mouvement de succion qui libère l'insupportable excédent de ma délectation. Je sais qu'en cas de nécessité je pourrais me retenir, mais cela serait aussi peu naturel que de tenir les bras collés au corps pendant une course rapide.

Que cela vienne de l'eau, de la cigarette ou des nouvelles prises de cocaïne qui s'épuise déjà, je sens que mon corps peureux, gelé, aux mouvements disloqués — comment ne pas renverser et faire tomber quelque chose —, que mes pieds froids tâtant le parquet comme de la glace, que tout mon état qui ressemble à une maladie, que tout cela n'est qu'une piteuse enveloppe dans laquelle une allégresse silencieusement tumultueuse est contenue.

Je vais vers la table. Pendant que je fais un pas, pendant que je plie le genou et, dans une crainte tendue, pose de nouveau le pied par terre, tout mon mouvement me semble si péniblement lent que j'ai l'impression qu'il ne prendra jamais fin. Mais quand le pas est fait, quand le mouvement est terminé — ce mouvement exécuté semble, dans mon souvenir, fantomatiquement instantané, comme si ni lui ni les efforts qui l'avaient accompagné n'avaient existé. Et je sais déjà : c'est dans cette lenteur torturante de l'accomplissement, dans cette disparition fantomatique de l'accompli — dans ce maladif dédoublement que toute la nuit s'écoule.

Lent et jamais terminé me semble cet habillage, ce tremblotant enfilage des bras dans les manches de mon pardessus après que, d'une voix coupée d'allégresse, j'eus proposé à Mik d'aller chez moi, d'y prendre un objet de valeur et de l'échanger contre de nouveaux sachets de poudre. Mais voici déjà la pelisse enfilée, nous sommes dans le couloir, et on oublie qu'il a fallu tant de pénibles efforts pour s'habiller. Lente et interminable jusqu'à la torture paraît la descente périlleuse dans l'escalier, comme s'il était recouvert d'une mince couche de glace, où les pieds ont de la peine à se retenir pour ne pas glisser, et en même temps se dépêchent par saccades, comme si, par-derrière, un chien menaçait de les mordre. Mais nous voilà en bas, et c'est comme s'il n'y avait pas eu ces efforts torturants et tremblotants, ni cet escalier — comme si de la chambre nous étions sortis directement dans la rue. Lents et interminables semblent cette course le long d'une ville déserte, grinçante de gel, et ce frisson qui brise le dos, et ces lambeaux de vapeur, et ce fil doré des réverbères qui ondule, mouillé, dans les yeux larmoyants, et se retire en sautant quand je cligne les yeux. Mais nous voilà déjà près du portail et c'est comme si tout cela n'avait pas existé, comme si de la chambre de Hirgué j'étais directement entré sous ce portail. Longs et interminables me paraissent ce frissonnement dans le froid devant la porte étincelante de lune verte, jusqu'à ce qu'une lueur jaune jaillisse derrière, avec un Matveï ensommeillé, cette montée dans l'escalier, ce déverrouillage de la porte, ce glissement à travers la noire entrée et la salle à manger vers la chambre de ma mère, et avec cela ce délicieux frisson d'amour pour ma mère, un amour tel, tel que je n'en ai jamais connu, jamais senti, et dans une telle joie, dans une telle adoration, comme si je me glissais là à pas de loup seulement pour lui faire — à elle, à maman — quelque chose de bien, de bon, de salutaire. Interminable semble cette avance à pas de loup vers l'armoire à glace où est le linge et que j'ouvre, pour qu'elle ne grince pas, non pas lentement, avec précaution (dans ce cas elle grince encore plus), mais d'un seul coup, aussitôt, de sorte que dans la glace de la porte la tête de ma mère endormie, sous la veilleuse, s'élance, puis se balance. Tout paraît interminable, torturant, n'en finissant pas et enfin fantomatique et n'ayant jamais existé : la fouille dans le linge qui sent le caramel bon marché, et la découverte de la broche, et le retour par l'escalier qui de nouveau est en glace glissante, et la menace du chien par-derrière, et le passage devant Matveï qui, comme exprès, semble essayer de regarder mes yeux terrifiants, et l'avance étrangement difficile à travers la longue cour enneigée (je m'aperçois seulement près du traîneau que je continue à marcher sur la pointe des pieds), et la montée dans le traîneau avec un frisson parce qu'il va démarrer brusquement et que je vais m'asseoir à côté, et le retour ici, dans le chaud silence de la chambre.

Dans la nuque, j'ai la sensation d'un resserrement, comme si elle se soudait. Les yeux plissés sont tendus comme lorsqu'on marche rapidement dans la rue et que l'on est tourmenté par l'appréhension de buter contre quelque chose de pointu. Ni le clignement répété des yeux, ni la vision nette des objets ne soulagent. Je ferme les yeux, mais leur tension est reprise par les paupières, elles font mal comme si elles s'attendaient à un coup.

Je reste près de la table. Plus longtemps je reste là, plus je me fige, plus il m'est difficile de m'arracher à cette place. Durant cette nuit de cocaïne, mon corps entier tantôt se pétrifie dans l'immobilité — et il m'est difficile de m'en arracher —, tantôt se lance dans un mouvement saccadé — et alors il m'est difficile de m'arrêter; dans la rue, avec Mik, seuls les premiers pas ont été difficiles, mais après tout en moi marcha par vibrations, les pieds se mirent à avancer poussés par des décharges électriques, et un agacement sourd grandit follement, follement, quand un passant se trouve devant moi : j'ai peur de le contourner — ou bien je renverserai ce passant, ou bien j'accrocherai la maison et m'écroulerai moi-même; quant à calmer ma démarche, c'est hors de ma volonté.

Voilà Mik qui entre dans la chambre. Il a de

nouveaux sachets de cocaïne dans les mains et c'est avec des gestes bizarres qu'il ferme la porte, comme si elle pouvait tomber sur lui. La lumière de la suspension est éteinte. La chambre est dans une obscurité presque totale. Dans la lueur automnale, oscillante, de la bougie, Nelly et Zander se sont fourrés entre le double rideau et l'armoire. Leurs têtes sont posées sur des cous tendus, à l'affût. Nelly a le cou de travers, sa tête s'allonge de côté et il semble que c'est justement de ce côté que viennent vers nous les menaçants bruissements de l'appartement nocturne. Les yeux sont follement immobiles. Tout s'arrête dans la chambre, seules les lèvres bougent. « Chut-chut chut », siffle Nelly dans un chuchotement rapide, fondu. « Quelqu'un vient », chuchote Zander, quelqu'un vient ici, il crie en chuchotant, et sa tête tremble sans arrêt. Et moi je suis contaminé. Moi aussi j'ai déjà peur. Moi non plus je ne peux plus imaginer quelque chose de plus effrayant que, justement, l'arrivée dans cette chambre sombre et silencieuse d'un homme diurne, alerte et bruyant, qui verrait nos yeux et nous tous dans cet état. Et je sens qu'il suffirait, en ce moment, de tirer, de pousser un cri strident ou d'aboyer sauvagement pour que se rompe le tendre petit fil auquel tient mon cerveau doucement déchaîné. En ce moment, dans ce silence nocturne, j'ai particulièrement peur pour ce petit fil.

Je suis assis dans un fauteuil. Ma tête est tellement tendue qu'elle me donne l'impression d'osciller. Mon corps est froid, figé et comme séparé de la tête; pour sentir mes jambes ou mon bras, je dois les bouger.

Il y a du monde autour de moi. Beaucoup, beaucoup de monde. Mais ce n'est pas une hallucination : je vois ces gens non à l'extérieur, mais à l'intérieur de moi-même. Il y a là des étudiants, des étudiantes, et d'autres, mais tous quelque peu bizarres : contrefaits, borgnes, sans nez, chevelus, barbus. « Ah ! professeur, crie en extase une étudiante (le professeur, c'est moi). Ah! professeur, aujourd'hui, parlez-nous, s'il vous plaît, de sport. » Elle n'a qu'un œil et me tend les bras de loin. Les borgnes, les bigles, les chevelus et barbus, et tous ceux qui ne doivent pas et auraient peur de se dévêtir, hurlent : « Oui, professeur, oui, parlez-nous de sport, donnez-nous une définition : qu'est-ce que le sport ? » Je souris négligemment, et les borgnes, les bigles, les barbus et les chevelus se taisent brusquement. « Le sport, messieurs, est une dépense d'énergie physique dans des conditions absolues de compétition réciproque et d'improductivité totale. » Les manchots, les borgnes, les bigles hurlent sauvagement « Continuez », « Encore ». La borgne femme savante tape sur les gueules avec ses coudes en ajoutant « Excusez-moi, collègue » et se fraie le passage vers la chaire. Je lève la main. Silence. « Pour nous, messieurs, dis-je en chuchotant, l'important n'est pas le sport, pas son essence, mais le degré de son action, de son influence sur la société et même, si vous voulez bien, sur l'État. Voilà pourquoi, pour marquer le choix du sujet, permettez-moi de dire quelques mots relatifs non pas au sport, mais aux sportifs. Ne croyez pas que j'aie en vue seulement les sportifs professionnels, ceux qui touchent de l'argent pour leurs exhibitions et en vivent. Non. Ce qui est important, ce n'est pas seulement de quoi, mais au nom de quoi un homme vit. C'est pourquoi, quand je parle de sportifs, j'entends par là absolument tous ceux qui nous sont connus, indépendamment du fait que le sport soit pour eux une profession ou une vocation, un moyen d'existence ou un but dans la vie. Il suffit de porter notre attention sur la popularité toujours croissante de ces sportifs pour reconnaître qu'il ne s'agit plus d'un succès, mais qu'une véritable adoration s'empare de milieux de plus en plus larges. Les journaux parlent de ces gens, leurs visages sont photographiés (que vient faire là le visage) et apparaissent dans les journaux, et il semble bien qu'il s'en faut de peu pour que ces gens constituent un patrimoine national. On peut encore comprendre qu'une nation soit fière de ses Beethoven, Voltaire, Tolstoï (et encore, que vient faire là la nation) mais qu'une nation soit fière parce que les cuisses d'Ivan Tziboulkine sont plus fortes que celles de Hans Muller — ne croyez-vous pas, messieurs, qu'une telle fierté témoigne moins de la force et de la santé de Tziboulkine que de la débilité et de l'état morbide de la nation ? Car si Tziboulkine a du succès — il est clair que chacun de ceux qui l'applaudissent avec tant d'adoration suspecte déclare publiquement, ne serait-ce que par ses seuls applaudissements, qu'il est prêt, avec enthousiasme, à échanger le rôle qu'il joue dans la vie contre celui qui est dévolu à l'homme à qui ses applaudissements s'adressent, et que plus il y a de gens pour applaudir, plus près nous sommes de ce tournant de l'opinion publique, et par cela même de toute la nation, qui choisira un Yvan Tziboulkine pour son idéal et voudra devenir comme lui, lui dont le seul mérite unanimement reconnu sont ses cuisses terriblement fortes. »

Je chuchote ces mots un nombre incalculable de fois. Et j'ai envie de retenir cette nuit, je suis si bien et c'est tellement clair en moi, je suis si immodérément amoureux de cette vie que je voudrais tout ralentir, entamer lentement, par morceaux, l'adoration de chaque seconde, mais déjà rien ne s'arrête et toute cette nuit s'en va irrésistiblement et vite.

Je vois l'aube à travers la fente des doubles rideaux. Sous les yeux et dans les pommettes, c'est le vide et la pesanteur. Tout s'arrête avec lourdeur autour de moi et en moi. Dans le nez, tout est ouverture gloutonne, tristement vide jusqu'à la gorge, et la respiration égratigne douloureusement — est-ce l'air qui est trop rude, ou bien l'intérieur du nez devenu trop délicat ? Je m'efforce de chasser tout ce cafard qui, de plus en plus lourd, tombe sur moi, j'essaie de faire revenir mes pensées, mes exaltations et les exaltations de mes auditeurs barbus, mais la mémoire fait resurgir toute cette nuit, et j'éprouve une telle honte, un tel déshonneur, que pour la première fois je sens sincèrement et franchement que je n'ai plus envie de vivre. Je me mets à chercher, sur la table où les cartes à jouer sont dispersées, le sachet avec la cocaïne. Toutes les cartes sont posées à l'envers. Je les écarte avec précaution, j'en retourne une puis je me mets à les éparpiller, enfin à les déchirer d'une façon insensée, éprouvant, en l'absence de la cocaïne, une horreur de plus en plus grande de cet affreux cafard. Mais naturellement il n'y a plus de cocaïne. Mik et Zander l'ont emportée. Il n'y a personne dans la chambre. Je ne m'assieds pas, je tombe sur le divan. Plié en deux, je respire affreusement — en aspirant je me soulève, en expirant je retombe, comme s'il était possible, avec ce pilier d'air qui s'enfonce, de refroidir mon désespoir. Et ce n'est que le rusé diablotin dans la lointaine et profonde cachette de ma conscience, celui-là même qui continue à luire même pendant la plus grande tempête des sentiments — c'est seulement ce diablotin qui me dit qu'il faut se résigner, qu'il ne faut pas penser à la cocaïne, qu'en pensant à elle et à la possibilité de sa présence ici, dans cette chambre, je ne fais que m'exaspérer et me torturer davantage.

Dans une tristesse épouvantable, jamais encore éprouvée, je ferme les yeux. Lentement et harmonieusement, la chambre se met à chavirer et à s'affaisser à l'un de ses angles. L'angle s'abaisse plus profondément, glisse sous moi, grimpe derrière moi vers le haut, apparaît au-dessus de moi et tombe de nouveau, mais précipitamment. J'ouvre les yeux, la chambre se revisse sur place, tout en laissant le tournoiement dans ma tête. Mon cou ne tient plus, la tête tombe sur ma poitrine, retourne la chambre sens dessus dessous « Qu'ont-ils fait, qu'ont-ils fait de moi » je le chuchote, et puis, après un silence qui n'a aucun sens, j'ajoute : « Eh bien, quoi, je suis perdu. » Mais déjà le diablotin rusé — le même qui (si seulement on l'écoute) empoisonne de doute les plus joyeux sentiments, et allège d'espérance le plus grand désespoir –, ce diablotin rusé qui ne croit à rien, est en train de me dire : « Toutes tes paroles, c'est du théâtre, tout cela n'est que théâtre : quant à être perdu, tu n'es pas perdu, et si ça va mal pour toi, eh bien, habille-toi et va à l'air pur. Ici tu n'as rien à faire. »

V.

Dehors, c'était encore la demi-obscurité. Le ciel, d'une couleur framboise sale, était bas. Un tramway me dépassa — à travers ses vitres givrées, les ampoules allumées transparaissaient en oranges aplaties.

Je me représentai le wagon retentissant et crépitant de gel, où ça sentait l'odeur acide de drap mouillé, les gens serrés, assis ou debout, soufflant les uns sur les autres les épaisses vapeurs de leur putride haleine matinale. Devant moi un vieillard marchait avec une canne. Il s'arrêtait souvent, appuyait son ventre contre sa canne et crachait longuement avec des raclements de gorge. Ses yeux, lorsqu'il s'arrêtait pour tousser, regardaient la neige comme s'il y voyait quelque chose d'épouvantable. Et chaque fois qu'il arrivait à expulser quelque chose de vert ma gorge faisait un mouvement de déglutition, et j'avais l'impression que j'avalais ce qu'il crachait. Jamais je n'avais pensé que l'homme, que tous les hommes, pouvaient inspirer une aussi infinie répugnance que celle que j'éprouvais en ce matin.

Au coin de la rue, le vent agitait une affiche sur la colonne des spectacles. Quand je pénétrai dans cette zone, une petite fille traversa la rue devant un camion dont les chaînes tonnaient. De l'autre côté, sur le trottoir, la mère semblait pétrifiée de terreur, mais lorsque l'enfant parvint jusqu'à elle, indemne, elle la saisit par le bras, en lui faisant mal, et la frappa aussitôt. Les yeux comme des fentes et la bouche carrée, la fillette hurlait. C'était bien clair : la mère se vengeait sur son enfant de la peur qu'elle avait éprouvée par sa faute. Mais si c'est ça, ce qu'il y a de plus beau, et dont l'homme est si fier — la mère — alors qu'est-ce que ça doit être, les autres gens !

Dans la rue, il faisait maintenant plus clair, et c'était déjà le matin quand j'entrai dans ma cour. Le passage était saupoudré de frais, un sable jaune vif, sur lequel quelqu'un. avec ses caoutchoucs neufs, avait imprimé des traces de variole. Le jardinet des maîtres était à l'abandon et sale. La neige qu'on y avait jetée depuis la cour l'avait surélevé et ses arbres étaient tout raccourcis. Des planches noires et mouillées étaient posées dans le désordre, et on avait de la peine à y reconnaître les sièges des bancs noyés dans les tas de neige.

Matveï nettoyait la poignée de la porte au blanc d'Espagne, agitant sa main libre exactement de la même façon que celle qui exécutait le travail, mais quand j'approchai le téléphone sonna et il courut à la cabine. Je montai l'escalier et ouvris la porte. Jetant ma casquette sur la tablette de la glace suspendue — qui fit osciller la table de salle à manger avec le samovar resté là depuis la veille —, essayant de marcher doucement, je longeai le couloir et entrai dans ma chambre.

Au premier moment, je fus étonné de voir que la lampe était encore allumée près de la fenêtre et j'essayai même de me rappeler quand j'avais pu oublier de l'éteindre. Mais déjà, s'appuyant péniblement au bras du fauteuil dans lequel elle était assise, ma mère se levait et venait vers moi. Me regardant fixement dans les yeux, elle s'approchait lentement. Je soutins son regard, et tout, autour de moi, devint terriblement silencieux. A la cuisine, comme des cordes qui claquent, le robinet gouttait. « Voleur », dit ma mère, bougeant à peine les lèvres. Elle dit ce mot terrible dans un chuchotement net et ne cilla même pas lorsque — obéissant à on ne sait quelle nécessité extérieure d'agir, l'accomplissant et m'en épouvantant en même temps — je levai la main et la frappai au visage. « Mon fils est un voleur », chuchota-t-elle calmement et douloureusement, comme si elle y réfléchissait toute seule; tremblant terriblement de sa tête blanche et ayant un peu ralenti comme si elle attendait de voir si je n'allais pas renouveler mon geste, elle se dirigea vers la porte, lentement, ses épaules et ses bras pitoyablement pendants.

Sous l'appui de fenêtre en pierre, dans les radiateurs du chauffage, quelque chose claquait, sifflait, coulait. De là venait une chaleur épaisse. Sur la table, sans donner de lumière, le fil jaune de l'ampoule se consumait. Mon nez était enflé, ne laissait pas passer la respiration. Et derrière la fenêtre, la maison voisine se mit à se plisser; sa cheminée se détachait et s'étalait, mouillée, dans les cieux métalliques. Mais je n'essayai pas de chasser les larmes qui noyaient mes yeux

VI.

Une demi-heure plus tard, j'approchais de la maison où logeait Yag. Devant la porte d'entrée se tenait un fiacre chargé de valises. A côté, vêtu comme pour un voyage, Yag s'affairait avec son Espagnole. M'apercevant, empêtré dans sa longue pelisse il courut à ma rencontre et m'enlaça. En deux mots je lui racontai que j'avais eu des ennuis à la maison et que j'étais, pour ainsi dire, sans abri. Yag, dans l'excitation de celui qui part en voyage, ne me laissant même pas m'expliquer jusqu'au bout et s'exclamant que tout cela était parfait et même, mon dieu ! tombait tout à fait à propos, m'offrit de m'installer immédiatement dans sa chambre.

Il me saisit énergiquement par les mains, me traîna dans la maison, marmonna à la femme de chambre qui sortait avec une valise que pendant les trois mois où il resterait à Kazan j'occuperais sa chambre, et toujours en courant me traîna dans l'escalier, puis à travers la salle, jusqu'à la porte, introduisit la clef dans la serrure, me fourra dans la main un paquet de billets d'un air fâché, répétant pendant ce temps ni-ni-ni, m'enlaça encore une fois en se dépêchant et en s'excusant de sa crainte de manquer le train, fit un geste de la main et se sauva.

Resté seul, j'ouvris la porte et j'entrai dans mon nouveau logis avec un sentiment bizarre. Tout s'était déroulé trop vite, et à cause d'une nuit sans sommeil je me sentais barbouillé jusqu'à l'écœurement. Dans la chambre il y avait du désordre, une espèce d'abandon et la tristesse des départs. Sur la table traînaient des assiettes sales, les restes d'un souper et des morceaux de pain. J'en entamai un bout, mais aussitôt dans la bouche je l'avalai sans mâcher, sentant un vide sans précédent, avec une légèreté aérienne et saccadée dans les pommettes. Apprenant pour la première fois ce qu'est la faim après la cocaïne, je me mis à manger voracement, j'arrachais avec les doigts la viande grasse — le cou et les mains tremblants comme si j'allais m'évanouir —, je me bourrais la bouche, avalant de nouveau, enfournant de nouveau, éprouvant l'envie de rugir et en même temps la sensation d'un petit fou rire nerveux devant cette envie. Quand j'eus fini de manger, aussitôt alourdi de sommeil — alors que j'aurais pu avaler encore —, je me traînai jusqu'au divan, je me couchai, et aussitôt quelque chose se convulse doucement, sans bouger, dans mes jambes allongées. Et je rêve que ma malheureuse petite mère, avec sa vieille pelisse déchirée, marche dans la ville et me cherche de ses yeux troubles et effrayants.

PENSÉES

I.

Après avoir dormi tout mon soûl, dès le lendemain matin j'allai de nouveau chez Hirgué, lui achetai un gramme et demi de cocaïne, et c'est ainsi que tout continua — de jour en jour. Mais à peine ai-je écrit ces mots que je me représentai, avec une extrême netteté, le sourire méprisant sur le visage de celui qui trouvera ces tristes souvenirs.

En effet, je sens que pour un être normal ces mots, ou plutôt mes actes, qui devraient traduire le pouvoir de la cocaïne, caractériseront avec beaucoup plus de vraisemblance ma propre faiblesse et, de cette façon, provoqueront nécessairement un recul : un recul méprisant, humiliant, qui surgit même chez l'interlocuteur le plus réceptif aussitôt qu'il prend conscience que tout ce concours de circonstances qui a mutilé l'existence du narrateur n'aurait pu, en aucun cas (à supposer qu'il lui soit arrivé, à lui, quelque chose de semblable), abîmer ou perturber sa vie.

Tout cela, je le dis en partant du fait que j'aurais éprouvé le même mépris sans cette première expérience de la cocaïne, et ce n'est que maintenant, en prenant le chemin de ma perdition, que je sais qu'un semblable mépris serait né en moi, moins à cause de la glorification de ma propre personnalité que de la sous-estimation du pouvoir de la cocaïne. Mais comment, en quoi donc se manifeste ce pouvoir ?

II.

Durant les longues nuits et les longues journées passées sous l'effet de la cocaïne dans la chambre de Yag, il me vint à l'esprit que ce qui importe à l'homme ce ne sont pas les événements survenus dans sa vie, mais seulement la répercussion de ces événements dans sa conscience. Si les événements changent, ce changement est nul, un néant complet, dans la mesure où ils ne sont pas reflétés dans sa conscience. Par exemple, un homme pénétré de l'importance de sa fortune continue à se sentir riche tant qu'il ne sait pas que la banque dépositaire de ses capitaux a fait faillite. Ainsi, un père continue à se réjouir de la vie de son enfant si la nouvelle que celui-ci a été écrasé, et qu'il est mort, ne lui est pas encore parvenue. L'homme vit donc non des événements du monde qui l'entoure mais des reflets de ces événements dans sa conscience.

Toute la vie de l'homme, tout son travail, ses actes, sa volonté, sa puissance physique et mentale, tout cela s'investit sans compter et sans mesure uniquement pour susciter dans le monde extérieur quelque événement, non pour l'événement lui-même, mais uniquement pour éprouver le reflet de cet événement dans sa conscience. Et si on ajoute à tout cela que, dans cet élan, l'homme ne cherche à obtenir que l'accomplissement d'actes tels que, reflétés dans sa conscience, ils provoquent une sensation de joie et de bonheur, alors, spontanément, se dévoile tout ce mécanisme qui dirige la vie de chaque homme sans exception, qu'il soit mauvais et cruel, ou bon et compatissant.

Autrement dit, si un homme cherche à renverser le pouvoir tsariste, et un autre le pouvoir révolutionnaire, si l'un veut s'enrichir et l'autre distribuer ses richesses aux pauvres, toutes ces tendances contradictoires témoignent seulement de la diversité de l'activité humaine qui, dans le meilleur des cas (et encore pas toujours), pourrait servir de caractéristique à chaque personnalité particulière; quant à la cause de l'activité humaine, quelle que soit sa diversité, elle correspond toujours au besoin de réaliser, dans le monde extérieur, des actes tels que, reflétés dans la conscience, ils provoquent une sensation de bonheur.

C'était comme cela aussi dans ma petite vie. La voie vers l'événement extérieur était tracée : je voulais devenir un avocat célèbre et riche. Il semblait qu'il ne me restait plus qu'à marcher et à avancer dans cette voie, d'autant plus que beaucoup de choses (comme je cherchais à m'en persuader moi-même) m'étaient favorables. Mais c'était bizarre. Plus je passais de temps à me frayer un passage vers le but recherché, plus il m'arrivait souvent de m'allonger sur le divan dans l'obscurité de ma chambre et d'imaginer aussitôt que j'étais déjà tout ce que je désirais devenir : mon penchant à la paresse et au rêve me persuadait que l'accomplissement de tous ces actes extérieurs ne méritait pas une énorme quantité de temps et d'efforts, ne la valait pas ne serait-ce que parce que la sensation de bonheur aurait été bien plus puissante si la réalisation des événements extérieurs la provoquant avait été plus rapide et plus inattendue.

Mais telle était déjà la force de l'habitude que, même dans mes rêves de bonheur, je pensais avant tout non pas à la sensation de bonheur, mais à tel fait qui (s'il se réalisait) me procurerait cette sensation, n'étant pas capable de séparer ces deux éléments l'un de l'autre. Même dans les rêves j'étais obligé de me représenter avant tout quelque magnifique événement de ma future existence, et ce n'est qu'après, par l'image de cet événement, que j'avais la faculté de mettre joyeusement en effervescence cette sensation de bonheur.

C'est que, jusqu'à mon premier contact avec la cocaïne, je supposais que le bonheur était quelque chose d'entier, alors qu'en réalité tout bonheur humain est une fusion astucieuse de deux éléments : 1) la sensation physique de bonheur, 2) l'événement extérieur qui est l'excitant psychique de cette sensation.

Et c'est seulement lorsque j'essayai pour la première fois la cocaïne que je vis clair. Je vis clairement que cet événement extérieur que je rêvais d'atteindre, pour la réalisation duquel je travaillais, je gaspillais ma vie, et que, finalement, je n'atteindrais peut-être jamais — cet événement ne m'était nécessaire que dans la mesure où, se reflétant dans ma conscience, il allait provoquer en moi une sensation de bonheur. Et si, comme je m'en étais convaincu, une minuscule pincée de cocaïne exaltait dans mon organisme cette sensation de bonheur instantanément et avec une puissance jamais encore connue jusqu'alors, la nécessité d'un événement quelconque tombait d'elle-même, et en conséquence le travail, l'effort et le temps qu'il fallait mettre pour sa réalisation n'avaient plus aucun sens.

C'était cette faculté de la cocaïne de procurer la

sensation physique de bonheur, psychiquement indépendante des événements extérieurs, qui m'importait, même si le reflet de ces événements eût dû susciter l'abattement, le désespoir et le malheur, c'était justement cette faculté de la cocaïne qui avait la puissance terriblement attirante contre laquelle non seulement je ne pouvais, mais ne voulais même pas opposer de lutte et de résistance.

J'aurais pu lutter contre la cocaïne et lui résister dans un seul cas : celui où la sensation de bonheur aurait été déterminée chez moi moins par la réalisation de l'événement extérieur que par le travail, la peine, les efforts qu'il aurait fallu fournir pour y arriver.

Mais je n'avais pas cela dans ma vie.

III.

Il est bien entendu que ce qui est dit plus haut au sujet de la cocaïne ne doit nullement être pris pour une opinion générale, mais seulement pour celle d'un homme qui commence à peine à priser. Celui-ci a vraiment l'impression que la caractéristique fondamentale de la cocaïne est de procurer la sensation du bonheur; ainsi, la souris qui a évité le piège est certaine que la caractéristique de la souricière est le morceau de lard qu'elle a envie de manger.

Le phénomène le plus épouvantable, qui suivait invariablement l'effet produit, des heures durant, par la cocaïne, était la torturante, l'inéluctable et terrible réaction (ou, comme disent les médecins, la dépression) qui s'emparait de moi aussitôt que le dernier sachet était épuisé. Cette réaction durait longtemps — à la pendule, elle durait à peu près trois, parfois quatre heures, et se manifestait par un abattement mortel, tellement sombre que, bien que la raison sût que dans quelques heures tout cela serait dissipé, les sens ne le croyaient pas.

Il est bien connu que plus l'homme est sous l'emprise de ses émotions, moins il est capable de lucidité. Tant que je me trouvais sous l'effet de la cocaïne, les réactions qu'elle provoquait étaient tellement puissantes que ma faculté de m'observer moi-même baissait à un degré analogue à celui qu'on remarque chez certains malades mentaux. De sorte que rien ne bridait plus les sentiments qui me possédaient alors, et ils se manifestaient sur mon visage, dans mes gestes, dans mes actes, avec une franchise totale. Sous l'effet de la cocaïne, mon Moi sensible croissait jusqu'à une dimension tellement énorme que le Moi auto-observateur cessait de faire son travail. Mais dès que cet effet était dissipé naissait l'horreur : je commençais à me voir tel que j'avais été sous l'effet de la drogue. Et les heures terribles arrivaient. Le corps retombait pesamment dans le désespoir, exaspéré d'un accablement inexprimable, venu d'on ne sait où; les ongles s'enfonçaient dans la peau, et la mémoire, comme en une nausée, restituait tout, et je regardais — je ne pouvais pas ne pas regarder — cette sinistre ignominie.

Tout revenait à la mémoire jusqu'aux moindres détails. Et ma station glacée près de la porte de cette chambre silencieuse, après une prise au milieu de la nuit, dans la terreur idiote mais incontrôlable que quelqu'un est sur le point d'arriver et entrera ici, et verra mes yeux horribles. Et, semblant durer des heures, mon approche, à pas de loup, de la fenêtre noire, au rideau levé, par laquelle, aussitôt que je tourne le dos, quelqu'un jette un regard terrifiant, alors que je sais que cette fenêtre est au deuxième étage. Et la lampe que j'éteins parce que sa lumière trop vive, comme un bruit, dérange, appelle les gens, et déjà, à ce qu'il me semble, quelqu'un se glisse par le couloir vers ma porte mince et fragile. Et le temps où je reste couché sur le divan avec mon cou crispé et la tête droite comme si son contact avec un coussin allait provoquer un fracas qui soulèverait toute la maison, alors que les yeux torturés, douloureux dans la crainte de heurter quelque chose de pointu, percent l'obscurité rouge et vibrante. Et le bruit de l'allumette que la main glacée de frissons frotte si peureusement sur la boîte que le feu n'arrive pas à prendre, et lorsque le feu jaillit enfin après un sifflement prolongé, le corps qui bondit follement en arrière, et l'allumette qui tombe sur le divan. Et toutes les dix minutes le besoin d'une nouvelle prise quand, sur le papier invisible mais se trouvant quelque part sur le divan, les mains, maigries pendant la nuit, raclent en tremblant la cocaïne avec le bout obtus de la plume d'acier à partir duquel — alors que cette plume (soulevée dans le noir d'une main tremblante) frémit déjà tout près de la narine — rien ne s'aspire et ne vient dans le nez, parce que cette plume est devenue humide depuis la dernière fois, que la cocaïne s'est collée autour, a durci, et laisse passer une rouille acide. Et puis la levée du jour, et la vision de plus en plus nette des objets, qui ne décrispe nullement les muscles mais, au contraire, provoque la contraction de plus en plus grande des mouvements et de tout le corps en l'absence de l'obscurité qui l'enveloppait et le cachait comme une couverture — maintenant que le visage et les yeux sont en situation d'être vus dans cette lumière blanche. Et les innombrables appels de la vessie quand, surmontant la fixité apeurée du corps, il devenait nécessaire d'aller ici même, dans la chambre, sur le pot, et quand le bruit monstrueux qui semblait envahir la maison serrait les dents glacées. Et quand, secoué d'horribles frissons, dans une moiteur gluante inhabituellement piquante, puante, je grimpais dans l'obscurité sur le divan comme sur une montagne gelée, et quelquefois demeurais figé de peur, le genou enfoncé dans un ressort grinçant, jusqu'à l'appel suivant. Et ensuite le matin, le léchage de la plume rouillée, l'envolée sèche d'une prise fraîche du nouveau sachet, le léger tournoiement dans la tête et la nausée dans la béatitude, et l'horreur du premier bruit étranger des gens réveillés dans la maison. Et enfin des coups à la porte, des coups espacés, rythmés, insistants, et ma toux qui ébranle mon corps transpirant, hissé sur le divan, et qui est nécessaire pour extirper la voix coincée, et puis cette voix entre les dents, tremblante de bonheur (malgré la terreur) — « Qu'est-ce que vous voulez, qui est là » — et de nouveau ces coups insistants et sans réponse, implacables, et tout à coup le déplacement instantané de ces coups, parce que, au-delà de la fenêtre, on fend du bois.

Chaque fois, aussitôt que la cocaïne était épuisée, naissaient ces visions, ces souvenirs imagés de ce que j'avais été, de ce dont j'avais eu l'air et de ma conduite étrange, et en même temps que ces souvenirs la certitude grandissait que bientôt, et même très bientôt, si ce n'est demain, du moins dans un mois, et si ce n'est dans un mois dans un an, je finirais dans un asile d'aliénés. Chaque fois, j'augmentais la dose, la poussant souvent jusqu'à trois grammes et demi, qui prolongeaient son action jusqu'à, mettons, vingt-sept heures. Mais cette insatiabilité d'un côté et le désir d'éloigner les heures horribles de la réaction de l'autre faisaient qu'après la cocaïne ces souvenirs étaient de plus en plus lugubres. Quelle qu'en fût la cause — l'augmentation de la dose, ou l'ébranlement de mon organisme par le poison, ou les deux à la fois —, cette enveloppe extérieure que sécrétait le bonheur dû à la cocaïne devenait de plus en plus effrayante. Certaines manies bizarres prenaient possession de moi une heure après la première prise : quelquefois c'était la manie de fouiller, lorsqu'il n'y avait plus d'allumettes dans la boîte, et que, déplaçant les meubles, vidant les tiroirs de la table, je me mettais à en chercher tout en sachant parfaitement qu'il n'y en avait pas dans la chambre, et continuais tout de même à les chercher très longtemps, sans arrêt, avec volupté; parfois c'était quelque angoisse obsédante, une horreur qui se renforçait du fait que je ne savais pas moi-même de quoi et de qui j'avais peur, et alors, pendant de longues heures, dans une frayeur sauvage, je me tenais accroupi près de la porte, intérieurement déchiré à la fois par un insupportable besoin d'une nouvelle prise de la cocaïne que j'avais laissée sur le divan, et par la hantise de laisser sans surveillance, ne serait-ce qu'un instant, cette porte près de laquelle je faisais le guet. Souvent ces derniers temps ces manies s'emparaient de moi toutes d'un coup — alors les nerfs atteignaient le dernier degré de tension — et voilà qu'une fois (c'est arrivé une nuit profonde, alors que tout dormait dans la maison et que je faisais le guet, l'oreille contre une fente de la porte) quelque chose dans le couloir provoqua un énorme fracas, comme il arrive la nuit, et en même temps, dans l'obscurité de ma chambre, un long hurlement prit naissance, et un instant après je compris que c'était moi qui hurlais et que c'était ma propre main qui me serrait la bouche.

IV.

Une terrible question pesait sur moi pendant toute cette période de cocaïne. Cette question était effrayante parce que la réponse qu'elle suscitait signifiait soit l'impasse, soit la voie vers la plus effrayante des conceptions du monde. Et cette conception du monde constituait une insulte à la notion tendre et pure que même le dernier des gredins, en état de calme et de sincérité, n'avait jamais insultée : l'âme humaine.

Cette question naissait, comme cela arrive souvent, à propos d'une bagatelle. Qu'y a-t-il d'extraordinaire à ce que, sous l'effet de la cocaïne, l'homme éprouve des sentiments nobles, hautement humains (une cordialité hystérique, une bonté anormale, etc.) et qu'aussitôt que cesse l'action de la cocaïne l'homme soit possédé par des sentiments bestiaux et bas (fureur, méchanceté, cruauté)? Il semble qu'il n'y ait rien d'extraordinaire dans cette succession de sentiments — et cependant c'est justement cette succession qui amenait la question fatale.

En effet, je pouvais expliquer par l'influence narcotique de la cocaïne le fait qu'elle provoquait en moi les sentiments les meilleurs. Mais comment expliquer les autres ? Comment expliquer l'inéluctabilité avec laquelle se manifestaient en moi, après coup, les sentiments les plus bas, les plus bestiaux ? Comment expliquer cette apparition dont l'immanquable et absolue constance incitait à penser que mes sentiments les plus humains semblaient liés par un fil à mes sentiments mauvais, et que la tension limite, et donc l'utilisation des uns, entraînait et tirait derrière eux l'apparition des autres, à l'image d'un sablier où le vide d'un globe correspond au remplissage de l'autre.

Et voilà que la question surgissait : une telle succession de sentiments manifeste-t-elle simplement une caractéristique particulière de la cocaïne qui l'impose à mon organisme, ou bien cette réaction est-elle propre à mon organisme qui, sous l'effet de la cocaïne, ne fait que se révéler avec une plus grande évidence ?

La réponse affirmative à la première partie de la question signifiait l'impasse. La réponse affirmative à la deuxième partie suscitait bien d'autres questions. Car il est évident qu'en attribuant une réaction aussi extrême à mes sentiments (simplement révélés plus brutalement par l'effet de la cocaïne) j'étais obligé de reconnaître par là même qu'en dehors de la cocaïne, et dans toutes autres occasions, l'exaltation de mes bons sentiments allait (sous forme de réaction) entraîner à sa suite des appels à la bestialité.

Je me demandais : l'âme humaine n'est-elle pas quelque chose comme une balançoire qui, ayant reçu une poussée vers l'humanité, est, de ce fait, prédisposée à s'élancer du côté bestial ?

J'essayais de trouver quelque exemple quotidien et simple qui aurait confirmé cette supposition et il me semblait y parvenir.

Voici un jeune homme sensible, Ivanov, assis dans la salle d'un théâtre. Autour de lui règne l'obscurité. C'est le troisième acte d'une pièce sentimentale. Les gredins sont sur le point de triompher, c'est pourquoi, bien entendu, ils se trouvent au bord du gouffre. Les héros vertueux sont dans une situation désespérée, autrement dit ils sont, comme il convient, au seuil du bonheur. Tout approche de la fin heureuse et équitable, à laquelle aspire l'âme noble d'Ivanov, et son cœur bat ardemment.

Le frémissement cristallin de ses sentiments les plus nobles s'intensifie sous l'influence exaltante de l'action dramatique, sous l'influence de l'affection qu'il éprouve pour ces échantillons de l'humanité — honnêtes, magnifiques — qu'il voit sur scène et dont le bonheur le préoccupe. Dans ces moments de béatitude il ne peut ressentir, lui semble-t-il, ni mesquins calculs quotidiens, ni lubricité, ni rage. Il est assis dans le silence inviolé de la salle obscure, il est là, le visage ardent, et sent joyeusement que son âme languit délicieusement dans l'aspiration passionnée vers un sacrifice immédiat au nom des plus hauts idéaux humains.

Mais voilà que dans cette obscurité du théâtre, saturée d'émotions humaines, le voisin d'Ivanov se met à tousser fort, comme un chien. Ivanov est assis à côté et ce bruit graillonnant pénètre de façon importune dans ses oreilles, et voilà qu'il sent que quelque chose d'effrayant, de bestial et de trouble monte en lui et le submerge. « Que le diable vous emporte avec votre toux ! » prononce enfin Ivanov, incapable de se maîtriser, en un chuchotement venimeux de serpent. Il prononce ces mots sous la poussée effrayante, inhabituelle, d'une haine qui l'enivre, et bien qu'il continue à regarder la scène, sa rage et sa fureur sont telles qu'elles l'empêchent tout d'abord de saisir un seul mot de la pièce. Bien qu'Ivanov reste assis dans le silence et cherche à retrouver son humeur antérieure, il sent plus nettement qu'un instant auparavant il y avait en lui un seul désir, difficilement contenu : détruire, frapper ce voisin à cause de sa toux exaspérante.

Et là je me pose la question : quelle était la cause de la férocité soudaine du jeune Ivanov ? La seule réponse : l'extrême exaltation, dans son âme, des sentiments les plus nobles. Mais peut-être n'était-ce pas cela, me dis-je, peut-être que la cause de sa fureur était la toux du voisin. Hélas ! ce n'est pas possible. Si ce voisin pris de toux se fût trouvé dans un tramway ou n'importe où ailleurs (où l'état d'âme aurait été quelque peu différent), il n'aurait en aucun cas provoqué cette rage chez le bon Ivanov. Ainsi donc, la toux, dans le cas présent, n'est qu'un prétexte à la libération d'un sentiment auquel son état d'âme le prédisposait.

Mais cet état d'âme, quel était-il ? Supposons que nous nous soyons trompés en lui prêtant des sentiments élevés. C'est pourquoi nous allons essayer d'attribuer à Ivanov tous les autres sentiments accessibles à l'homme au théâtre. Nous pouvons faire cette expérience d'autant plus facilement que, si on laisse de côté les nuances, la liste de ces sentiments n'est pas bien longue. On peut supposer qu'Ivanov assis au théâtre 1) enrageait, 2) s'ennuyait.

Mais si Ivanov enrageait déjà, furieux contre les acteurs pour leur mauvaise interprétation, ou contre l'auteur pour l'immoralité de sa pièce, ou contre lui-même pour avoir dépensé si mal ses derniers sous, aurait il éprouvé cette poussée de haine contre un voisin qui toussait ? Certainement pas. Dans le pire des cas, il aurait ressenti de l'agacement, peut-être aurait-il murmuré « Ah ! et vous avec votre toux par-dessus le marché ! », mais cet agacement aurait été bien loin du désir de frapper, de détruire un homme, de le haïr. Ainsi, la supposition qu'Ivanov fût plus ou moins furieux dès avant la toux, et que cette fureur l'eût poussé vers l'explosion d'une haine aiguë, doit être écartée.

Essayons d'imaginer qu'Ivanov s'ennuyait, qu'il éprouvait de l'indifférence. Mais alors, cela ne va plus du tout ! En effet, si son âme se trouvait dans un état de froide indifférence, si Ivanov s'ennuyait en regardant la scène, aurait-il éprouvé le désir de frapper son voisin simplement parce que celui-ci avait toussé ? Non seulement il n'aurait pas eu ce désir, mais il est même possible qu'il eût plaint cet homme souffrant.

Pour en finir avec Ivanov, il nous faut combler une regrettable lacune dans notre énumération des sentiments que peut éprouver un homme au théâtre. C'est que nous n'avons pas mentionné l'envie de rire (qui naît si souvent sous l'effet de l'action dramatique). Or, ce sentiment est important pour notre exemple parce qu'il écarte complètement la supposition que la rage d'Ivanov contre son voisin fût légitime : la toux, dira-t-on, l'empêchait d'entendre les répliques amusantes des acteurs. Mais, dans son envie de rire, elles auraient été moins intéressantes que s'il s'était agi d'un drame. Et cependant dans ce cas aucune toux, aucun mouchage ou autre bruit, même s'ils le gênaient, n'auraient provoqué en lui le désir de frapper. Ainsi, et par la force des choses, nous revenons à la supposition précédente. Nous nous résignons à reconnaître que seule la plus grande émotion de l'âme et chez Ivanov la vibration de ses sentiments les plus humains, les plus propices au sacrifice de soi, sont la cause de l'apparition d'une irritation sauvage.

Bien entendu, l'incident dans un théâtre décrit ici ne peut guère convaincre le plus crédule d'entre nous. En effet, serait-il juste de parler de la nature de l'âme humaine en général en donnant pour exemple la fureur d'un seul Ivanov, alors qu'ici même, au théâtre, se trouvent près d'un millier de personnes, lesquelles, aussi bien que cet Ivanov, ont sous l'effet de l'action dramatique vécu plusieurs heures dans une tension élevée? Cependant, il nous suffit de regarder ces gens et leurs visages, aussi bien pendant l'entracte qu'à la fin du spectacle, et nous serons facilement persuadés qu'ils ne sont nullement furibonds.

A première vue, cette circonstance semble ébranler notre schéma. Nous avons émis la supposition que l'exaltation des sentiments les plus humains provoque chez les hommes une prédisposition à la fureur, à la naissance des instincts bas. Et voilà devant nous la foule des spectateurs qui, sous l'influence de l'action dramatique, ont éprouvé l'exaltation de tous ces sentiments : nous observons leurs visages au moment où la lumière paraît et surtout quand ils quittent le théâtre, et cependant nous n'y trouvons même pas une ombre de fureur. Telle est notre impression; cependant, essayons de ne pas nous en contenter. Essayons de poser la question autrement et d'établir ceci : l'absence, chez les spectateurs, d'un instinct bestial quelconque ne s'explique-t-elle pas simplement par le fait que cet instinct est en eux satisfait exactement de la même façon qu'il l'aurait été chez Ivanov s'il avait pu frapper son voisin?

Il est parfaitement clair que l'action théâtrale provoque chez les spectateurs la compassion et l'exaltation des sentiments nobles lorsque dans cette action prennent part des personnages au cœur tendre, honnêtes et résignés. C'est du moins ainsi que la participation de ces personnages est perçue par ceux des spectateurs dont l'âme est la plus spontanée, la plus facilement émue, et sur laquelle on peut donc observer le plus nettement la véritable nature des mouvements de l'âme. Sur la scène, aux côtés de personnages angéliques, on présente nécessairement des scélérats. Et alors on se demande : le châtiment sanguinaire des scélérats, qui survient toujours à la fin du spectacle au nom de la vertu, n'absorbe-t-il pas les instincts bestiaux qui ont surgi en nous et ne sortons-nous pas du théâtre rassérénés parce que ces bas instincts ont reçu satisfaction ? Vraiment, lequel de nous pourrait ne pas avouer la volupté ressentie lorsqu'au quatrième acte le héros vertueux plante son couteau dans le cœur du scélérat ? « Cependant, permettez — pourrait-on nous répondre —, c'est un sentiment de justice. » On ne peut le nier. Oui, mille fois oui, c'est un sentiment de justice. Exactement cela : le sentiment divin de l'équité qui magnifie l'homme. Mais jusqu'où l'exaltation de ce sentiment élevé nous a-t-il conduits ? jusqu'au plaisir de tuer, jusqu'à la rage bestiale. « Mais c'est contre les scélérats », va-t-on rétorquer. Cela n'a pas d'importance. Ce qui est important, c'est que ressentir du plaisir à la vue du sang humain qui coule n'est possible que lorsqu'on éprouve la soif du sang, la rage, la haine, et si ces sentiments répugnants ont surgi dans notre âme seulement parce que le sentiment d'amour pour le héros malheureux et doux a été touché, si cette sauvage bestialité est sortie tout doucement, en catimini, de l'émoi de nos plus nobles sentiments que le théâtre a ravivés — cela ne montre-t-il pas déjà avec quelque précision l'effrayante nature de nos âmes ?

Et en effet il suffirait de nous montrer au théâtre des pièces où les scélérats ne seraient pas châtiés, mais au contraire triompheraient; il suffirait de présenter des pièces où les méchants seraient vainqueurs et les meilleurs sacrifiés, et vous constateriez que de tels spectacles finiraient par nous faire sortir dans la rue, et nous conduiraient jusqu'à la révolte, la rébellion, l'insurrection. Là aussi vous direz peut-être que nous nous révolterions au nom de la justice. Eh bien, vous auriez raison, vous auriez parfaitement raison. Mais regardez-nous quand nous sortirons pour nous rebeller, emportés par les sentiments humains, regardez attentivement nos visages, nos lèvres, et surtout nos yeux, et si vous ne voulez pas reconnaître que vous avez devant vous des bêtes furibondes quittez tout de même et au plus vite notre chemin, car votre incapacité de distinguer un homme d'une bête peut vous coûter la vie.

Et voilà qu'une question mûrit, spontanément : ces pièces où le vice triomphe et où la vertu est bafouée — ces pièces sont véridiques, elles sont la vraie vie, c'est comme cela que ça se passe dans l'existence, où les méchants sont victorieux, où les meilleurs périssent — alors pourquoi, dans la vie, en voyant tout cela, restons-nous calmes, alors que cette même image de la vie qui nous entoure nous indigne et nous rend furieux quand elle est montrée au théâtre? N'est-il pas étrange que la même image, passant devant les yeux du même homme, laisse cet homme calme et indifférent dans l'un des cas (dans la vie) et dans l'autre cas (au théâtre) fasse naître en lui l'indignation, la révolte, la fureur? Et ne serait-ce pas la preuve évidente que la cause de tels sentiments par lesquels nous réagissons aux événements extérieurs doit être recherchée non pas dans le caractère de ces événements, mais entièrement dans l'état de nos âmes ? Une telle question est très importante et il convient d'y répondre avec précision. Tout s'explique sans doute par le fait que dans la vie nous sommes lâches, et que nous ne sommes pas sincères; dans la vie nous sommes avant tout préoccupés par notre bien-être personnel, et c'est pourquoi nous flattons, aidons — et quelquefois personnifions nous-même — tous ces scélérats et agresseurs dont les actes provoquent en nous une si horrible indignation au théâtre. Au théâtre, en revanche, ce côté intéressé, cette lâche petite aspiration aux biens terrestres disparaît de nos âmes, au théâtre rien de personnel ne viole la noblesse et l'honnêteté de nos sentiments, au théâtre nous devenons meilleurs et plus purs. Alors, les meilleurs sentiments d'équité, de noblesse et d'humanité guident entièrement nos aspirations et nos sympathies. Et c'est là que vient s'imposer une pensée terrible. La pensée que si, dans la vie, nous ne nous rebellons pas, ne nous indignons pas, ne nous révoltons pas, ne devenons pas complètement des bêtes, et ne tuons pas les autres au nom de l'équité bafouée, c'est seulement parce que nous sommes lâches, dépravés, avides, d'une façon générale mauvais, et que si dans la vie nous avions, comme au théâtre, attisé en nous les sentiments les plus humains, si dans la vie nous étions devenus meilleurs, nous aurions, exaltés par le frémissement dans nos âmes des sentiments d'équité et d'amour pour les dépouillés et les faibles, accompli, ou ressenti le désir d'accomplir (ce qui, décidément, est la même chose dans la mesure où nous parlons des mouvements de l'âme) une quantité de scélératesses, d'effusions de sang, de tortures et d'assassinats vengeurs telle qu'aucun scélérat n'en avait jusqu'alors perpétrée et n'aurait voulu le faire dans un but de lucre et d'enrichissement.

Involontairement surgit en nous le désir de nous adresser à tous les futurs prophètes de l'humanité, et de leur dire :

« Chers et bons prophètes ! Ne nous touchez pas,

n'attisez pas dans nos âmes les sentiments élevés et humains et ne faites aucune tentative pour nous rendre meilleurs. Car, voyez-vous, tant que nous sommes mauvais, nous nous contentons de petites lâchetés; quand nous devenons meilleurs, nous tuons.

Comprenez donc, bons prophètes, que c'est justement les sentiments d'humanité et d'équité, déposés dans nos âmes, qui nous obligent à nous indigner, à nous révolter, à entrer en fureur. Comprenez que si nous étions privés de ces sentiments nous ne nous indignerions, nous ne nous révolterions pas du tout. Comprenez donc que ce n'est ni la perfidie, ni la ruse, ni la lâcheté de l'esprit, mais seulement l'Humanité, l'Équité et la Noblesse de l'Ame qui nous obligent à nous révolter, à nous indigner, à nous livrer à une fureur vengeresse. Comprenez, prophètes, que le mécanisme de nos âmes humaines -- c'est le mécanisme de la balançoire, où le plus grand envol vers la Noblesse de l'Esprit entraîne le plus grand mouvement en retour vers la fureur de la bête.

Cette tendance à lancer la balançoire de l'âme du côté de l'humanité et dont la conséquence constante est le retour à la bestialité traverse, comme une trace merveilleuse et en même temps sanglante, toute l'histoire de l'humanité et nous voyons que les époques particulièrement passionnées, qui se singularisent par des élans, réalisés dans les faits, vers l'esprit et l'équité, nous semblent particulièrement terribles par les cruautés et les forfaits sataniques qui s'y mêlent.

Pareil à un ours qui, de sa tête ensanglantée, pousse une bûche suspendue à une corde et qui en reçoit un coup d'autant plus épouvantable qu'il la pousse plus fort — l'homme souffre et se fatigue dans ce va-et-vient de son âme.

L'homme s'épuise dans cette lutte, et quel que soit le moyen qu'il choisit pour en sortir — continuer à balancer cette bûche pour que, au moment d'une poussée particulièrement forte, elle lui brise la tête — ou bien arrêter l'oscillation de l'âme, exister dans une froideur raisonnable, dans l'absence de sentiments, donc dans l'inhumanité et, de cette façon, privé de la chaleur de sa propre image — l'une et l'autre de ces solutions prédéterminent la réalisation de cette Malédiction qui nous apparaît sous la forme de cette bizarre, cette terrible caractéristique de nos âmes humaines.

Lorsque le silence s'était établi dans la maison, que la lampe verte était allumée sur la table et qu'il faisait nuit derrière la fenêtre — ces pensées surgissaient en moi avec une obstination constante, et elles étaient aussi destructrices de ma volonté de vivre que l'était pour mon organisme ce poison blanc et amer, dans des sachets soigneusement pliés, posés sur le divan, et qui frémissait dans ma tête avec exaltation.

V.

Une salle de boyards, des chaises imposantes du fait de leurs dossiers démesurément hauts, un plafond bas et voûté, et dans tout cela une espèce de lugubre pesanteur. Les invités se rassemblaient, tous habillés d'une façon très solennelle, et s'installaient autour de la table couverte de velours rouge, sur laquelle était posé un plat en or avec un cygne qui n'était pas plumé. A mes côtés s'était placée Sonia et je savais que nous fêtions notre mariage. Bien que la femme assise à côté de moi ne rappelât en rien Sonia, je savais cependant que c'était elle. Tout à coup, lorsque tout le monde fut assis et que je demeurais encore perplexe en me demandant comment on allait découper et manger ce cygne qui n'était pas plumé, ma mère entra dans la salle. Elle portait une robe élimée et des pantoufles. Sa petite tête blanche tremblotait ; dans son visage jaune émacié ses yeux d'insomniaque furetaient d'une façon désagréable et me cherchaient. Elle allait droit sur moi et, lorsque enfin elle me vit de loin et que ses yeux troubles devinrent effrayants et joyeux, je lui fis signe de ne pas approcher, qu'il serait gênant pour moi de frayer ici avec elle, et elle comprit. Petite, desséchée, souriant pitoyablement, elle s'assit de côté à la table. Entre-temps, les laquais en livrée rouge et gants blancs avaient enlevé le cygne; les uns disposaient des couverts, d'autres apportaient des plats garnis. Lorsque le laquais qui faisait le tour des invités s'approcha de ma mère, il lui présenta le plat mais, voyant son vêtement, voulut passer outre. Cependant, ma mère avait déjà saisi la pelle et se mit à remplir son assiette. J'étais pétrifié — et si les autres invités portaient leurs regards sur elle... Cependant, ma mère continuait à remplir son assiette, le laquais prenait une mine consternée qui me faisait souffrir davantage, et lorsqu'il y eut dans l'assiette de ma mère tout un tas il emporta insolemment le plat, lui abandonnant la pelle. Ma mère se retourna — voulant soit remettre la pelle dans le plat, soit se servir encore — mais vit qu'il n'y avait plus de plat, et se mit à manger à l'aide de cette même pelle. Tout, en elle, changea tout à coup de façon sordide. Elle se mit à avaler plus que de raison, vite, avec voracité. Ses yeux furetaient désagréablement, son menton pointu de vieille voletait vers le haut et vers le bas, les rides de son front devinrent humides, et elle fut tout à coup différente, gloutonne, légèrement répugnante. Enfournant voracement la nourriture, elle répétait tout le temps avec un vilain plaisir : « Ah ! que c'est pon ! ah ! c'est pon ! » Et je commençai à ressentir envers ma mère un sentiment nouveau. Je sentis tout à coup qu'elle était vivante, qu'elle était en chair et en os. Je sentis tout à coup que son amour pour moi était seulement une petite fraction de ses sentiments, qu'en dehors de cet amour elle avait, comme tout être humain, un intestin, des artères, du sang et des organes génitaux, et que ma mère aimait, et ne pouvait pas ne pas aimer son propre corps physique beaucoup plus qu'elle ne m'aimait. A ce moment je sentis peser sur moi un tel cafard, une telle solitude que j'eus envie de gémir. Cependant, ma mère, ayant mangé tout ce qu'il y avait dans son assiette, se mit à remuer sur sa chaise. Bien qu'aucun mot ne fût dit, tous comprirent aussitôt qu'elle avait la colique et qu'elle avait besoin de sortir. Le laquais, avec un sourire qui témoignait que son respect pour cette pitoyable vieille n'était pas suffisant pour qu'il demeurât sérieux, mais que sa propre dignité était trop grande pour lui permettre d'éclater de rire, l'invita, de sa main gantée de blanc, à sortir par la porte. Ma mère se souleva, s'appuyant avec difficulté sur la table. A ce moment, tout le monde l'avait déjà remarquée et commença de rire. Tous riaient. Les invités, les laquais, Sonia, tous riaient, et, avec un mépris torturant de moi-même, je riais aussi. Ma mère devait passer devant cette table, devant ces bouches et ces yeux qui riaient cruellement, et devant moi qui riais également et qui, par ce rire, lui devenais étranger. Et elle passa. Petite, voûtée, tremblante, elle passa en souriant aussi, mais en souriant pitoyablement, humblement, comme si elle s'excusait de la faiblesse de son corps vieux et impuissant. Lorsque ma mère s'en alla, un apaisement suivit. Les laquais souriaient encore, Sonia riait, et dans l'écho de ce qui s'était déroulé un pressentiment venait de ce qui allait se produire. Voilà que près de la porte j'entends s'installer une garde militaire avec des fusils, baïonnette au canon. Derrière la garde, dans le fond, se trouve ma mère. Elle veut passer, elle veut s'approcher de moi, mais on ne la laisse pas entrer. « Mon garçon, mon Vadia, mon fils », répète-t-elle tout le temps, et elle veut passer. Je regarde là-bas, mes yeux rencontrent les yeux de ma mère, nos regards se croisent avec amour, appellent l'un l'autre, et ma mère avance vers moi. Mais déjà un garde bondit avec son fusil, et la baïonnette entre avec une magnifique douceur dans le ventre de ma mère. « Mon garçon, mon Vadia, mon fils », dit-elle calmement, elle se tient à la baïonnette qui l'a transpercée et sourit. Et dans ce sourire il y a tout : qu'elle sait que c'est suivant mes ordres qu'on ne l'a pas laissée venir à moi, et qu'elle est en train de mourir, et qu'elle n'est pas fâchée contre moi, qu'elle me comprend, qu'elle comprend qu'on ne peut pas aimer quelqu'un comme elle. Je ne pouvais supporter davantage. Je m'arrachai de toutes mes dernières forces, à l'intérieur de moi quelque chose se tordit désagréablement, et je me réveillai. J'étais couché, tout habillé sur le divan. Sur la table, sous son capuchon vert, la lampe était allumée. Je m'assis, posant les pieds par terre, et tout à coup j'eus peur. J'eus peur comme n'ont peur que les gens adultes malheureux, lorsque, se réveillant soudain dans la nuit, l'homme commence à prendre conscience que ce n'est que maintenant, dans cet instant nocturne, alors que c'est le silence autour et qu'il n'y a personne près de lui, qu'il s'est réveillé non seulement du rêve qu'il vient de faire, mais aussi de toute cette vie qu'il a vécue ces derniers temps. « Qu'est-ce qui m'arrive ici, dans cette horrible maison ? Pourquoi je vis ici ? Qu'est-ce que c'est que ces pensées délirantes que j'avais dans cette chambre ? » Je restais assis sur le divan, frissonnant de froid dans cette chambre sans chauffage qui depuis des semaines n'était pas nettoyée, et mes lèvres chuchotaient des mots qui n'avaient pas besoin de réponse parce que, en même temps, des images se formaient en moi, brumeuses et bizarres, et les regarder était tellement angoissant que l'une de mes mains serrait l'autre de plus en plus fort.

Ainsi restai-je longtemps. Puis, arrachant ma main de l'autre (elle était tellement serrée que les doigts s'étaient collés), j'entrepris de me chausser. C'était difficile, mes chaussettes étaient complètement pourries, les pieds dégageaient une odeur épouvantable, les lacets étaient déchirés, pleins de nœuds. Éprouvant le dégoût de moi-même à cause de ma saleté poisseuse, je me levai, enfilai mon pardessus, ma casquette, mes caoutchoucs, levai mon col et juste au moment où j'approchai de la table pour éteindre la lampe je fus obligé de me rasseoir, me sentant terriblement faible. Assis, une fatigue du cœur allant jusqu'à la nausée m'envahit aussitôt; en me forçant j'allongeai le bras pour éteindre la lampe, restai comme ça pendant quelque temps dans le noir et, lorsque enfin je me levai, la lassitude et la nausée m'avaient abandonné, et c'est avec une certaine facilité que je sortis de la chambre et descendis à tâtons l'escalier. Sans allumer, je parvins à la porte d'entrée, la déverrouillai et la retins avec peine, tant elle était aspirée par l'air du dehors. Un vent glacial s'engouffrait dans la rue. Dans le lointain désert, près des réverbères jaunes, on voyait, tombant des fenêtres, des palissades et des toits, la neige sèche s'en aller en tempête. La respiration coupée par le vent, le dos contracté de froid, je marchai désespérément et je n'avais pas encore atteint le bout de la rue qui donnait sur la place que je me sentis déjà fort gelé. Sur la place, il y avait un feu de bois. Le vent tiraillait les flammes comme des cheveux roux et faisait claquer les étincelles dans la fumée. A côté, sur les rails, un rayon rose tremblotait. En face, toute la maison étincelait et l'ombre d'un réverbère bas s'envolait vers une toiture très haute. Près du feu, un touloupe[1] courait sur place, s'enlaçant, puis relâchant sa propre étreinte.

1. Pelisse courte, en peau de mouton retournée, portée par les paysans. (N.d.T.)

J'allais vite, accélérant toujours le pas. Sous mes caoutchoucs, comme sous un train lancé à toute vitesse, la neige coulait comme le lait d'un seau. Dans la longue rue où je marchais maintenant, le vent s'était calmé. La lumière lunaire divisait brutalement la rue en deux parties — l'une d'un noir d'encre, l'autre d'un tendre vert émeraude, et marchant du côté sombre je m'amusais à voir l'ombre de ma tête dépasser la frontière noire, rouler au milieu de la chaussée. La lune elle-même ne m'était pas visible. Mais, en levant la tête, je la voyais courir le long des fenêtres des étages supérieurs, s'allumant en explosions vertes tour à tour dans chacune des vitres.

Ainsi absorbé en moi-même et ne faisant pas attention aux rues que je suivais, je prenais, conduit par l'instinct, une rue ou l'autre, lorsque je m'aperçus que j'approchais déjà du portail de la maison où habitait ma mère. Saisissant pour ouvrir le portillon l'anneau qui résonna en se dandinant, et laissant couler un rectangle vert avec la tache noire de mon ombre au milieu, j'entrai dans la cour. La lune était maintenant quelque part très haut et derrière. Et le grand portail, en bois plein, se couchait comme un champ noir loin dans la cour étroite. Là seulement où se terminait la clôture du jardinet tout était inondé d'une verte lumière vitreuse. Dans la bande de cette lumière, je sentis le froid. Ayant gravi les marches, je m'arrêtai sur le seuil. Sur la lourde porte, la poignée de cuivre brillait de tous ses feux. Les biseaux polis des vitres couchaient sur les marches de l'escalier une mince bande de lumière. Lorsque, ayant un peu attendu, je tirai la porte, la bande bougea à peine : la porte était fermée. J'estimai qu'il ne convenait pas de réveiller Matveï; c'est pourquoi, dégringolant les marches, je m'engageai dans le sombre et humide tunnel sous la maison qui menait à la place réservée aux ordures, et où aboutissait l'escalier de service des appartements. Maintenant aussi des copeaux de bois et des écorces de bouleau traînaient à cet endroit. C'est ici que le dvornik[1] avait l'habitude de fendre le bois, faisant agréablement claquer sa hache; il le rangeait en brassées sur la caisse à ordures et, l'ayant lié avec une corde posée à l'avance, le jetait pesamment derrière son dos; puis traînant les pieds avec difficulté montait vers les cuisines. Alors, la corde s'enfonçait dans son épaule, et les doigts qu'elle entourait gonflaient d'un côté, et de l'autre devenaient exsangues jusqu'aux articulations.

Je montais maintenant cet escalier sombre qui sentait le chat, je me tenais à l'étroite rampe de fer, et je me remémorais le temps où ces caisses à ordures n'existaient pas encore. Je me rappelai le jour où, c'était pendant l'été, la cour fit entendre un fracas qui ressemblait beaucoup à un tonnerre de théâtre, et comment, aussitôt, les plaques de fer-blanc, jetées d'un chariot, ont été découpées en caisses à ordures. Après, vers le soir, on les assemblait avec un bruit strident, et il me semblait tout le temps qu'on faisait la même chose dans la cour voisine, tellement l'écho frappait fort contre la maison à côté. Quand était-ce arrivé ? Et quel âge j'avais ? Gravissant maintenant dans l'obscurité complète cet escalier puant, et sans compter le nombre de paliers, je sentis, après en avoir dépassé un, tourné et continué à monter, une lassitude dans les mollets qui était étrange et semblait m'empêcher de continuer, une lassitude qui me dit

1. Employé de l'immeuble. (N.d.T.)

aussitôt que sur le palier que je venais de dépasser se trouvait notre appartement. Étant descendu et ayant compris avec quelque difficulté de quel côté se trouvait la porte qu'il me fallait, je m'en approchai et voulus frapper et me composer déjà un visage pour la rencontre avec la nounou, quand je remarquai que la porte n'était pas verrouillée, mais poussée seulement. La chaîne est peut-être mise, pensai-je, mais, à peine touchée de la main, elle s'ouvrit facilement et sans grincer. Devant moi était notre cuisine. Quoiqu'il y fît très noir, je savais que c'était justement notre appartement d'après le bruit de la pendule de la cuisine qui marchait d'une façon spéciale, irrégulière, comme un boiteux dans un escalier : deux coups très rapides, un arrêt, et puis de nouveau une-deux.

Tout ce qui se passa ensuite dans cet appartement nocturne et comme abandonné devint quelque peu étrange, et au surplus je sentais nettement que cette étrangeté commença ou, peut-être, se précisa au moment même où je pénétrai dans le couloir. Ainsi, m'arrêtant devant la porte de mon ancienne chambre, je ne me rappelais ni ne savais si j'avais verrouillé derrière moi la porte de la cuisine, je ne pouvais même pas me rappeler s'il y avait une clef dans la serrure. De la même façon, m'étant glissé dans la salle à manger, je ne pouvais plus déterminer jusqu'où j'avais avancé tranquillement, et à partir de quel moment je m'étais mis à me glisser à pas de loup. Maintenant, debout dans la salle à manger, essayant de ne pas respirer, je me rappelai encore que la porte de ma chambre s'était trouvée fermée à clef, mais pourquoi je m'étais tellement pressé de m'éloigner de cette porte, pourquoi je m'inquiétais tellement, pourquoi j'avais si peur que quelqu'un m'y surprît — cela, je n'avais plus la force de le comprendre.

La salle à manger était très silencieuse. La pendule ne marchait pas. Dans l'obscurité trouble je voyais seulement qu'il n'y avait pas de nappe sur la table, et que la porte de la chambre de ma mère était ouverte. Et de cette porte ouverte l'effroi venait vers moi. Je demeurai immobile, je restai longtemps, sans changer de pied, et il me semblait déjà que moi ou quelque chose en moi chancelait lentement. J'étais tout à fait décidé à partir d'ici et à y revenir le matin, j'étais tout prêt à retourner dans le couloir (de plus en plus effrayé par la peur que la soudaineté de ma visite nocturne provoquerait chez ma mère), lorsque, tout à coup, venant de la chambre à coucher, un bruissement se fit entendre, et aussitôt ce fut comme si quelqu'un m'avait tiré à l'aide d'une cordelette, et j'appelai brusquement : « Maman ? Maman ? » Mais le bruissement ne se reproduisit pas. Et personne ne répondit. Je me souviens qu'après avoir appelé j'esquissai — sait-on pourquoi ? — un sourire.

Bien qu'à vrai dire rien de spécial ne se fût décidément passé durant cette minute, cependant, alors que j'avais donné de la voix, il me sembla absolument impossible de m'en aller et de ne revenir que le lendemain. Essayant de marcher aussi doucement que possible, j'avançai plus loin, éteignis un point brillant du samovar, contournai la table et, me tenant au dossier des chaises qui l'entouraient, je passai furtivement dans la chambre à coucher. Les rideaux étaient écartés. Lentement, toujours à pas de loup, je parvins au milieu de la pièce. Cependant, à présent c'était si terriblement noir devant mes yeux qu'involontairement je me tournai vers la fenêtre. Le clair de lune frappait dedans, mais ne pénétrait nullement à l'intérieur : il ne se posait même pas sur l'appui de fenêtre, ni sur les plis des rideaux. Le dossier du fauteuil où d'habitude ma mère était assise pour broder apparaissait nettement comme une souche noire devant la vitre. Quand je me détournai de la fenêtre, ce fut encore plus sombre. Maintenant je savais que je me tenais à environ deux pas du lit. J'entendais battre mon cœur et il me semblait sentir l'odeur chaude d'un corps endormi tout près de moi. Je restai toujours debout, retenant ma respiration. Déjà plusieurs fois j'avais ouvert la bouche, bien que, pour dire Maman, il ne fût pas du tout nécessaire de l'ouvrir. Enfin je me décidai et j'appelai : « Maman ? Maman ? » Cette fois, mon appel sonna comme étouffé, inquiet. Personne ne répondit. Mais il sembla que les sons que j'avais émis rendaient cela possible : je m'approchai du lit et décidai de m'asseoir prudemment aux pieds de ma mère. En m'asseyant, et tâchant en même temps de ne pas faire crier les ressorts, je commençai par m'appuyer sur le lit avec les paumes de mes mains. Et je sentis aussitôt sous mes doigts le couvre-lit en dentelles qui ne demeurait sur le lit que dans la journée. Le lit n'était pas ouvert, il était vide. Aussitôt, l'odeur du corps endormi à proximité disparut. Mais je m'assis quand même, je tournai la tête vers l'armoire et c'est là, enfin, que je vis ma mère. Sa tête était très haute, tout à fait à la hauteur de l'armoire, là où se terminait la dernière arabesque. Mais pourquoi s'est-elle hissée là-haut, et sur quoi s'est-elle posée ? A l'instant même où cette pensée me vint, je ressentis la répugnante faiblesse de la peur dans les jambes et dans la vessie. Ma mère n'était pas posée. Elle était pendue — et me regardait tout droit de sa gueule grise d'étranglée. — Ah — ah — ah — criai-je et je me sauvai de la chambre comme si on me saisissait par les talons — ah — ah ! criai-je sauvagement en survolant la salle à manger d'une façon aérienne et sentant en même temps que j'étais assis, que je soulevais lentement ma tête engourdie de la table, et que je me réveillais difficilement.

Derrière la fenêtre, c'était déjà l'aube hivernale, tardive. J'étais assis à table, en pardessus et les caoutchoucs aux pieds, mon cou et mes jambes étaient douloureux comme lorsqu'on a pris froid, ma casquette était posée dans une assiette grasse et dans ma gorge il y avait une boule de larmes amères, refoulées.

VI.

Une heure plus tard, je montais l'escalier, et aussitôt que je vis la chère porte bien connue je ressentis un frémissement joyeux. J'en approchai et tout doucement, pour ne pas déranger, sonnai un coup bref. Un bruit venait de la rue, un camion passait avec fracas, faisant trembler les vitres. En bas, le téléphone sonna d'une façon matinale, stridente. La porte ne s'ouvrait pas. Alors je décidai d'appuyer encore une fois sur la sonnette et je prêtai l'oreille. Il n'y avait pas de bruit dans l'appartement, rien n'y bougeait, comme si personne ne l'habitait plus. « Mon dieu ! pensai-je, est-il possible que quelque chose soit arrivé ici ? Est-il possible qu'ici quelque chose n'aille pas bien ? Mais alors que vais-je devenir ? » Et j'appuyai sur le bouton de la sonnette, j'appuyai avec désespoir, de toutes mes forces, et j'appuyai, et j'écrasai et je fis sonner jusqu'à ce que, du bout du couloir, j'entendisse des pas traînants. Les pas s'approchèrent de la porte, arrivèrent tout contre, puis on entendit farfouiller dans le verrou, et enfin la porte s'ouvrit. Je respirai avec joie et soulagement. Mes inquiétudes avaient été vaines : dans la porte ouverte, vivant et en bonne santé, se tenait devant moi Hirgué lui-même. « Ah ! c'est vous, dit-il avec un paresseux dégoût. Et moi qui pensais que c'était vraiment quelqu'un qui venait me voir. Eh bien, entrez. » Et j'entrai.

Là-dessus se terminent, ou, plus précisément, se brisent, les souvenirs de Vadim Maslennikov qui, pendant les gelées de janvier 1919, fut transporté délirant à notre hôpital. Réanimé et examiné, Maslennikov avoua qu'il était cocaïnomane, que déjà bien des fois il avait essayé de lutter contre lui-même, mais toujours sans succès. Grâce à un effort obstiné, il avait, il est vrai, réussi à se passer de cocaïne un mois ou deux, quelquefois même trois, après quoi, constamment, il y avait récidive. Il résultait de ses aveux que l'attirance de la cocaïne était maintenant d'autant plus douloureuse que les derniers temps elle provoquait en lui non pas l'exaltation, comme avant, mais seulement une irritation psychique. Pour parler plus net, si les premiers temps la cocaïne favorisait la netteté et l'acuité de sa conscience, maintenant elle suscitait des pensées embrouillées, accompagnées d'inquiétude allant jusqu'à des hallucinations. De sorte que, lorsque aujourd'hui il y avait recours, c'était avec l'espoir de faire naître en lui les sensations qu'autrefois elle lui procurait, et cependant il était d'avance convaincu, avec désespoir, que ces sensations, quelle que soit la dose absorbée, ne surgiraient plus jamais. A la question du médecin-chef — pourquoi tout de même avait-il recours à la cocaïne, puisqu'il savait à l'avance que celle-ci ne pouvait faire naître en lui qu'une torture psychique —, Maslennikov, d'une voix tremblante, compara son état d'âme à celui de Gogol quand celui-ci essayait d'écrire la deuxième partie de ses *Ames mortes.* De même que Gogol savait que les forces joyeuses de ses précoces années d'écrivain étaient complètement épuisées et que, tout de même, il revenait quotidiennement aux efforts de la création, convaincu chaque fois qu'elle ne lui était plus accessible, et cependant (poussé par la conscience que sans cette exaltante combustion la vie perdait pour lui toute signification) n'avait pas arrêté ces tentatives malgré les tortures qu'elle provoquait et les avait, au contraire, multipliées — de même, lui, Maslennikov, continuait à avoir recours à la cocaïne tout en sachant à l'avance qu'elle ne pouvait lui procurer qu'un épouvantable désespoir.

A l'examen, Maslennikov présenta avec évidence tous les symptômes d'une intoxication chronique : dégradation du système digestif, asthénie, insomnie chronique, apathie, épuisement, coloration d'un jaune particulier de la peau, et une série de perturbations nerveuses et sans doute psychiques dont la présence était certaine, mais dont la constatation exigeait une observation de plus longue durée.

Il était évident que garder un tel malade chez nous, dans un hôpital militaire, n'avait aucun sens. Ce raisonnement, notre médecin-chef, homme de très grand cœur, le lui exposa aussitôt, mais, souffrant visiblement de ne pouvoir l'aider, il ajouta que lui, Maslennikov, avait besoin non d'un hôpital, mais d'un bon sanatorium psychiatrique où, cependant, il n'était pas si facile de se faire admettre à notre époque socialiste. Car maintenant, au moment de l'admission, on était guidé moins par la maladie que par l'utilité que le malade avait présentée, ou pouvait au moins présenter, pour la révolution.

Maslennikov écoutait, très sombre. Sa paupière gonflée recouvrait l'œil d'une façon sinistre. A la question soucieuse du médecin-chef « A-t-il des parents ou des proches qui pourraient le recommander ? » il répondit que non. S'étant tu d'abord, il ajouta que sa mère était décédée et que sa vieille bonne, qui héroïquement l'avait aidé tous ces derniers temps, avait maintenant elle-même besoin d'aide; que l'un de ses condisciples, Stein, était parti il y a quelque temps à l'étranger; quant aux deux autres — Egorov et Bourkevitz —, il ne savait pas où ils se trouvaient.

Lorsqu'il prononça ce dernier nom, tous se regardèrent. « Le camarade Bourkevitz, répéta le médecin-chef, mais c'est notre chef direct. Un mot de lui suffirait pour vous sauver ! »

Maslennikov posa beaucoup de questions, craignant visiblement qu'il ne s'agît d'un malentendu, que ce ne fût qu'un homonyme. Il était très ému et, je crois, heureux, lorsqu'il acquit la certitude que ce Bourkevitz était bien celui qu'il connaissait. Le médecin-chef lui expliqua que l'Administration dirigée par le camarade Bourkevitz se trouvait dans la même rue que notre hôpital, mais qu'il faudrait attendre le lendemain matin, car le soir il y avait peu de chance d'y trouver quelqu'un.

Sur ce, Maslennikov, ayant décliné l'offre de passer la nuit à l'hôpital, s'en alla.

Le lendemain matin, à onze heures passées, trois garçons de courses de l'Administration où travaillait le camarade Bourkevitz apportèrent Maslennikov dans leurs bras. Le sauver était cependant trop tard. Il ne nous restait qu'à constater l'empoisonnement aigu par la cocaïne (certainement prémédité — la cocaïne avait été visiblement dissoute dans un verre d'eau et avalée) et la mort par arrêt de la respiration.

Sur la poitrine, dans la poche intérieure de Maslennikov, se trouvaient un vieux petit sac en toile cirée dans lequel dix pièces de cinq kopeks en argent étaient cousues et un manuscrit, sur la première page duquel, en grosses lettres maladroitement sautillantes, étaient griffonnés trois mots : « Bourkevitz a refusé. »

TABLE

DANS LA MÊME COLLECTION

FRANCESCO ALBERONI
Le choc amoureux

BERNARD ALLIOT
L'adieu à Kouriline

JEAN ANGLADE
La bonne rosée
Le parrain de cendre
Les permissions de mai
Une pomme oubliée
Le tilleul du soir
Le tour de doigt
Qui t'a fait prince ?
Les ventres jaunes
Le voleur de coloquintes

MARIE-PAULE ARMAND
La courée
La courée 2 (mars 93)

GEORGES ARNAUD
Le salaire de la peur

GEORGE J. ARNAUD
Les moulins à nuages

EMMANUELLE ARSAN
Emmanuelle

ARTHUR
Mon école buissonnière (mars 93)

SUSAN AZADI
Fugitive

PHILIPPE DE BALEINE
Les éléphants roses de Bangkok
Le petit train de la brousse
Le nouveau voyage sur le petit train de la brousse
Voyage espiègle et romanesque sur le petit train du Congo

BETTE BAO LORD
Une mosaïque chinoise

MICHEL BAR-ZOHAR
L'espionne du diable

RENÉ BARJAVEL
Les chemins de Katmandou
Les dames à la licorne
Le grand secret
La nuit des temps
Une rose au paradis

MICHEL BATAILLE
L'arbre de Noël

LAURENT BECCARIA
Hélie de Saint Marc

PIERRE BELLEMARE
Les crimes passionnels (2 tomes)
Nuits d'angoisse (2 tomes)
La peur derrière la porte (2 tomes)

Isi Beller
Le feu sacré

Aïcha Benaïssa/ Sophie Ponchelet
Née en France

Erwan Bergot
Les 170 jours de Diên Biên Phû

Patrick Besson/ Danièle Thompson
La boum (juillet 93)

Janine Boissard
Les trois amours de Napoléon

Geneviève Bon
La poupée du loup
La saison des bals

Gilbert Bordes
Le roi en son moulin

Roger Borniche
Borniche story
La cible
La filière
Kidnapping

Nancy Bosson
Maîtresse détresse

Huguette Bouchardeau
George Sand
Rose Noël

Pierre Boulle
La baleine des Malouines
Contes de l'absurde
L'épreuve des hommes blancs
Un métier de seigneur
La planète des singes
Le pont de la rivière Kwaï
Le sacrilège malais

Olivier Bourgois
La chambre d'Icare

Philippe Bouvard
Contribuables, mes frères

Jean-Denis Bredin
L'affaire

J.-D. Brierre/ M. Fantoni
Johnny Hallyday

André Castelot
Talleyrand

Ève de Castro
Les bâtards du soleil
La Galigaï

Antoine de Caunes
C'est bon mais c'est chaud

Cavanna
Maman au secours !

Jacques Cellard
Les petites marchandes de plaisir

François Céresa
La Vénus aux fleurs

Gilbert Cesbron
Il est minuit, Docteur Schweitzer

Jean Chalon
Chère Marie-Antoinette
Le lumineux destin d'Alexandra David-Néel
Les paradis provisoires

Simone Chalon
L'enfance brisée
L'enfance retrouvée (mai 93)

Françoise Chandernagor
L'allée du roi

Jung Chang
Les cygnes sauvages (mais 93)

Charlie Chaplin
Ma vie

Lowell Charters
Cœur de tonnerre

Jean-François Coatmeur
Des croix sur la mer (mars 93)

Jean-Pierre Coffe
Le bon vivre
Le vrai vivre
Au secours le goût (mai 93)

Comtesse de Paris
Blanche de Castille

James F. Cooper
Le dernier des Mohicans

Claude Couderc
Les enfants de la violence
Mourir à dix ans (février 93)

Claude Chourchay
Jean des Lointains

Georges Coulonges
La liberté sur la montagne (juin 93)

Jacques-Yves Cousteau/ Frédéric Dumas
Le monde du silence (mars 93)

CharlElie Couture
Les dragons en sucre

Henri Crouzat
Azizah de Niamkoko

Marie-Thérèse Cuny
La petite fille de Dar El Beida

Marie-Christine D'Welles
Folle... moi ?

Pierre Dac
Les pensées

Dalaï Lama
Océan de sagesse

Michel Damien
Raymond Pin, vingt ans dans la forêt

Alexandra David-Néel
Au pays des brigands gentilshommes
L'inde où j'ai vécu
Journal (2 tomes)
Le Lama aux cinq sagesses
Magie d'amour et magie noire
Mystiques et magiciens du Tibet
La puissance du néant
Le sortilège du mystère
Voyage d'une parisienne à Lhassa

Miles Davis
Autobiographie

Didier Decoin
Béatrice en enfer
Il fait Dieu

Jean François Deniau
La Désirade
L'empire nocturne
Un héros très discret

Jean-Paul Desprats
Le marquis des éperviers
Le camp des enfants de Dieu
Le secret des Bourbons (mai 93)

Lilas Desquiron
Les chemins de Loco-Miroir

Raymond Devos
À plus d'un titre

Françoise Dolto
L'échec scolaire

Françoise Dorin
Va voir maman, papa travaille !

Kirk Douglas
La danse avec le diable

Loup Durand
Daddy
Le jaguar

Adrienne Durand Tullou
Le pays des asphodèles

Boris Eltsine
Jusqu'au bout !

Philippe Erlanger
La reine Margot

Guillaume Fabert
Autoportrait en érection

Albert Falco/ Yves Paccalet
Capitaine de la Calypso

Faty
Mémoires d'une fouetteuse

Jean-Louis Festjens/ Pierre Antilogus
Le guide du jeune couple
Le guide du jeune père

David Fisher
Ultime otage (mars 93)

Leonore Fleisher
Fisher King
Rain Man

Jean-Charles de Fontbrune
Nostradamus historien prophète

Dian Fossey
Gorilles dans la brume

Jean-Pierre Foucault
Est-ce que la mer est belle ?

Dan Franck/ Jean Vautrin
La dame de Berlin
Le temps des cerises

Peter Freeborn
Un homme sous influence

Ava Gardner
Ava

Charles de Gaulle
Mémoires de guerre (3 tomes)
Mémoires d'espoir

Virgil Gheorghiu
La 25e heure
La vie de Mahomet

Mep Gies
Elle s'appelait Anne Frank

Françoise Giroud
Alma Mahler
Jenny Marx (juin 93)

Françoise Giroud/ Günter Grass
Écoutez-moi

Almudena Grandes
Les vies de Loulou

Michel de Grèce
Le dernier sultan (mars 93)
L'envers du soleil
La femme sacrée
Le palais des larmes

Luanshya Greer
Bonne Espérance

Jean Grémion
La planète des sourds

Joëlle Guillais
La Berthe

Jan Guillou
La fabrique de violence

Sacha Guitry
Les femmes et l'amour

Caroline Guttman
Le secret de Robert le Diable

Marek Halter
Argentina, Argentina
Le fou et les rois
La mémoire d'Abraham
Les fils d'Abraham
Un homme, un cri

Joséphine Hart
Dangereuse (avril 93)

Bill Hayes
Midnight Express

Jeanine Henry-Suchet
La fontaine couverte

Katharine Hepburn
Moi, histoire de ma vie (avril 93)

Catherine Hermary-Vieille
Un amour fou

David Heyman
Jackie

Alice Hoffman
La ville qui avait peur d'une enfant

Stephane Hoffmann
Château Bougon

Jerry Hopkins/ Daniel Sugerman
Personne ne sortira d'ici vivant

Thomas Hoving
L'affaire Vélasquez

Claire Hoy/ Victor Ostrovsky
Mossad

Christopher Hudson
La déchirure

Nicolas Hulot
Les chemins de traverse

Denis Humbert
La malvialle (juin 93)

Jill Ireland
La brisure

Susan Isaacs
Une lueur dans la nuit

Christian Jacq
Champollion l'Égyptien
Maître Hiram et le roi Salomon
Pour l'amour de Philae
La reine Soleil

John Jakes
Nord et Sud (5 tomes)
California Saga (2 tomes)

Annette Kahn
Robert et Jeanne

Brigitte Kernel/ Éliane Girard
Les mecs

Olivier de Kersauson
Fortune de mer
Mémoires salées
Vieil océan

Michael Korda
Les monstres sacrés (avril 93)

Roselyne Laele
Marie du Fretma

Jean-Yves Lafesse
Les grandes impostures téléphoniques (février 93)

Françoise Lalande
Madame Rimbaud

Alexandra Lapierre
L'absent

Éric Laurent
Tempête du désert

Éric Laurent/ Pierre Salinger
La guerre du Golfe

Marie Lebey
Un ange en exil

André Legal
L'or des sables (février 93)

Capitaine Legorjus
La morale et l'action

Christian Lehman
La tribu

Marty Leimbach
Le choix d'aimer

Serge Lentz
La stratégie du bouffon

Marie-Laure de Léotard
Nous les bourgeoises (février 93)

Ira Levin
Sliver (mai 93)

Michel Lévine
La comtesse de Monte-Cristo

Agnès L'Herbier
La vie aux trousses

Betty Jean Lifton
Janusz Korczak : le roi des enfants

Jean-Marie Lustiger
Dieu merci, les droits de l'homme

Jennifer Lynch
Le journal secret de Laura Palmer

Savador de Madariaga
Christophe Colomb
Hernán Cortés

Betty Mahmoody
Jamais sans ma fille

Michèle Manceaux
Le fils de mon fils

Raymond Martin
Souvenirs d'un médecin légiste

Ronald Mary
Tout ce que vous pouvez faire pour sauvegarder l'environnement

Bruno Masure
À pleins tubes
Le dictionnaire analphabétique

Sylvie Mathurin
Le temps passe... le cœur reste

Robert Matthieu
Échec à la dictature fiscale
Le racket fiscal

Jacques Mazeau
De l'autre côé de la rivière

Raymonde Ménuge-Wacrenier
Zabelle

Robert Merle
Fortune de France
En nos vertes années
Paris, ma bonne ville
Le prince que voilà
La violente amour
La pique du jour
Le jour ne se lève pas pour nous
L'idole

Max Meynier
Quoi de neuf mon cœur ?

Claude Michelet
Cette terre est la vôtre
Edmond Michelet, mon père
J'ai choisi la terre
La grande muraille
Rocheflame
Une fois sept
Des grives aux loups
Les palombes ne passeront plus
L'appel des engoulevents

James A. Michener
Alaska (2 tomes)
Caraïbes (2 tomes)

Rachid Mimouni
De la barbarie en général et de l'intégrisme en particulier (juin 93)

Hugues de Montalembert
À perte de vue

Hubert Monteilhet
Néropolis

Marcel Morin/ Françoise Wissen
La planète blanche

Elvire Murail
Bingo !

Annie Murat
Le servan

Zana Mushen
Vendues (mai 93)

Jean-François Nahmias
L'homme à la licorne (juillet 93)

Georges N'Guyen Van Loc
Le Chinois

Haing N'Gor
Une odyssée cambodgienne

Bess Nielsen/ Marco Koskas
L'étrangère

Bruno Ouachee
L'asticot

Michel Peissel
La Tibétaine

François Périer
Profession menteur

Nathalie Perreau
L'amour en soi

Michel Peyramaure
La passion Béatrice

Colette Piat
Adieu Moïse

Bernard Pierre
Ils ont conquis l'Himalaya (avril 93)
Le roman du Danube
Le roman du Mississipi
Le roman du Nil

Bernard Pouchèle
L'étoile et le vagabond

Mario Puzo
Le parrain

Yann Queffélec
La femme sous l'horizon
Le maître des chimères
Prends garde au loup (juin 93)

Nancy Reagan
À mon tour

Françoise Renaudot/ Marcelle Routier
L'enfant né à la fin d'un monde

Georges Renault
La mort de Marie (mai 93)

Griselidis Real
Le passé imaginaire (juin 93)

Françoise Rey
La femme de papier

Jean-Michel Ribes
J'ai encore oublié Saint Louis

Pierre Richard
Le petit blond dans un grand parc

Valérie Rodrigue
La peau à l'envers

Nadine de Rothschild
Le bonheur de séduire, l'art de réussir

Marie Rouannet/ Henri Jurquet
Apollonie

Francis Ryck/ Marina Edo
Les genoux cagneux

Joseph Saade/ Frédéric Brunnquell/ Frédéric Couderc
Victime et bourreau

Camille Saferis
La manuel des premières fois (juillet 93)

Thérèse de Saint-Phalle
L'odeur de la poudre

San-Antonio
Béru Béru
Béru et ces dames
Les clés du pouvoir sont dans la boîte à gants
Les cons (2 tomes)
Faut-il tuer les petits garçons qui...
Histoire de France vue par San-Antonio
Le mari de Léon
La sexualité
Le standinge selon Bérurier
Un tueur kaput
Les vacances de Bérurier
La vieille qui marchait dans la mer
Y a-t-il un Français dans la salle ?

Béatrice Saubin
L'épreuve (février 93)

Nathalie Schweighoffer
J'avais douze ans...

Édouard Schuré
Les grands initiés

Fanny Seguin
L'arme à gauche

Claude Seignolle
Le diable en sabots
La malvenue
Marie la Louve
La nuit des Halles (avril 93)

Jacques Serguine
Cruelle Zélande

Alex Shoumatoff
Qui a tué Chico Mendes ?

Christian Signol
Les amandiers fleurissaient rouge
Antonin, paysan des Causses
Les cailloux bleus
Les chemins d'étoiles
Marie des brebis
Les menthes sauvages
La rivière Espérance
Le royaume du fleuve

Mitchell Smith
La cité des pierres (juillet 93)

Wilbur Smith
Au péril de la mer
Le léopard chasse la nuit
L'œil du tigre
L'oiseau de soleil

André Soussan
Octobre II

CATHY CASH SPELLMAN
L'Irlandaise

BRAM STOCKER
Dracula

PAUL-LOUP SULITZER
Les riches (I) (mars 93)

HAROUN TAZIEFF
La terre va-t-elle cesser de tourner ?

JEAN-PIERRE THIERRY
Bon appétit, messieurs ! (février 93)

JEAN-MICHEL THIBAUX
L'or du diable

ANDRÉ TILIEU
Brassens auprès de son arbre

DENIS TILLINAC
L'hôtel Kaolack
Maisons de famille
Un léger malentendu

CAROLINE TINÉ
L'immeuble

ALFRED TOMATIS
Les troubles scolaires

HENRI TROYAT
La clef de voûte
Faux jour
La fosse commune
Grandeur nature
Le jugement de Dieu
Le mort saisit le vif
Les semailles et les moissons (5 tomes)
La tête sur les épaules

LÉON URIS
Exodus

ANNE VALLAEYS
Coup de bambou (mai 93)

VALÉRIE VALÈRE
Laisse pleurer la pluie sur tes yeux

JEAN-MARC VARAUT
L'abominable docteur Petiot

D. VARROD/C. PAGE
Goldman, portrait non conformiste

JUNE CLARK VENDALL
La vie sauvage

FRANÇOISE VERNY
Le plus beau métier du monde

CHARLES VILLENEUVE/ PATRICE DE MERITENS
Les masques du terrorisme (juillet 93)

RUDOLPH VRBA/ ALAN BESTIC
Je me suis évadé d'Auschwitz

MIKA WALTARI
Les amants de Byzance (mars 93)
Jean le Pérégrin (mars 93)

Kim Wozencraft
Rush

Wright
Christina Onassis
(avril 93)

XXX
Constance
Souvenirs d'une gamine effrontée

Jacques Zelde
Gribiche